U0927685

Sakaguchi Ango

盛开的樱花林下

坂口安吾

Sakaguchi Ango

In the Forest, Under Cherries in Full Bloom

高詹灿——译

浙江文艺出版社
Zhejiang Literature & Art Publishing House

安吾的玩具

——《盛开的樱花林下》导读

坂口安吾（1906—1955），本名炳五，出身于新潟县乡绅家庭。父仁一郎，众议院议员，以笔名“阪口五峰”活跃于汉诗诗坛。坂口家人丁兴旺，安吾上有十一位兄姊，下有一妹，身为幺子却不得父母宠爱。

淡漠的童年培养出乖僻的性格，少年时期的安吾逃学、打架，同时对教师、高年级学生及学校的军事化管理表现出强烈的反抗态度。当时的汉文教师对安吾极为不满，曾教训道：

你配不上“炳五”这个名字，既然你看不清自己，以后就叫“暗吾”（与日文“安吾”同音）吧。

东洋大学就读期间，安吾读书废寝忘食，熟练掌握了法语；毕业后，与朋友创办同人杂志，发表翻译作品。二十五岁时，以“坂口安吾”为笔名创作的短篇小说《风博士》获文坛前辈牧野信一赏识，至此登上文坛。

此后十五年，安吾勤奋创作，持续发表作品，但未能受到充分关注，有时甚至青黄不接，须向朋友借钱维持生计。1946年，发表《堕落论》及短篇小说《白痴》，一跃成为流行作家，与太宰治、织田作之助等一道被称作“新戏作派”，又称“无赖派”。

战后十年间，安吾笔耕不辍，除纯文学外，亦涉足历史小说、推理小说领域。1955年，因突发脑溢血，于家中骤然离世。

本书收录安吾短篇小说共十篇，覆盖了安吾创作生涯的各个时段，基本展现出安吾短篇小说创作的整体风貌。

《风博士》最初发表于1931年。其时安吾与友人创办同人杂志，发表了一些小说及翻译作品，《风博士》因诙谐而奇特的风格受到作家牧野信一盛赞，成为安吾走上职业作家道路的契机。小说以第一人称讲述“风博士”令人啼笑皆非的种种逸事。当时，许多读者猜测这位癫狂的博士有所暗指，但也有说法认为真正的癫狂者其实是故事讲述者本人。

《傲慢之眼》发表于1933年，篇幅只有短短两千余字，描写一位心高气傲的大小姐与木讷寡言的绘画少年之间若有若无的淡淡情愫。小说散发着诗意的气质，与安吾后期的作品相比存在别样的妙趣。

《盛开的樱花林下》是安吾小说中最具代表性的作品之一，但在作者生前并未受到太多关注。作品采取“说话小说”的形式，情节围绕一名山贼与他抢来的神秘女子展开，疯狂而诡谲的气息溢于纸面，表现出作者深厚的笔力，堪称日本怪谈式说话小说的压卷之作。本作多次登上戏剧舞台，并在1975年被改编为由筱田正浩执导的同名电影。

《闲山》为安吾尝试创作“说话小说”的初期作品。其时安吾的自信力作《吹雪物语》出版，反响平平，陷入失意的安吾开始在文学上探索新的出路，于是便有了此作。安吾在“狸猫化身和尚”这一民间传说的基础上，充分发挥想象力，运用大量佛教用语、古典词语讲述了一个诙谐荒诞的故事。

《紫大纳言》与《闲山》同属安吾“说话小说”的早期尝

试之作。不同于《闲山》的闹剧式风格，《紫大纳言》的情节演进似乎更为传统，正因如此，结尾所表现的孤独与绝望亦越发突出。

《夜长姬与耳男》是一个以阴森怪异的古老传说为创作背景的怪谈故事。故事背景设置在飞弹，则表现了当时安吾对“飞弹王朝”这一日本历史假说的的关注。

《关于难以理解的失恋》则讲述了年近老境的画家A离奇的失恋经历。创作该作品时安吾正饱受失恋之苦。

《南风谱》发表于1938年，因为牧野对安吾有知遇之恩，所以标题下有“致牧野信一”字样，且其时距牧野自杀已有两年，因而安吾将小说的故事舞台设置在牧野的故乡纪伊，题目《南风谱》亦取自牧野的同名作品。小说篇幅不长，明快的南国风光与阴郁的怪异故事情节形成了独特的对照。

《白痴》发表于1946年，其时战败的日本陷入低迷，《白痴》的发表对日本年轻人无异于晴天霹雳，也让安吾的作品得到前所未有的关注。此外，《白痴》还与安吾的代表作品《堕落论》之间存在密切的联系，《堕落论》中关于炮火纷飞中“美”与“堕落”的论述，在《白痴》中得到了情节式的铺叙。

《替青鬼洗兜裆布的女子》全文以一个青年女子的口吻，

自述其“独特”的价值观与战争时期的情感经历，活灵活现地表现出一个贪玩、任性却不失可爱的小女人形象。此小说作品并非反讽式作品，实际上，主人公的原型是安吾的新婚妻子（虽未正式登记）——当时二十四岁的梶三千代。

本书收录的各篇作品，结合来看别有一番风味。比如《南风谱》中展现的皮格马利翁情结，可以视作其作品《白痴》的某种先导。又比如《紫大纳言》《盛开的樱花林下》《夜长姬与耳男》表现出的共同特征：故事围绕一对男女展开，女方不具备普通人类的人性，读者能够深切感受到男方（或正面或负面）炽热的感情，却对女方的想法一无所知。

杂文与小说并读，亦是上佳选择。安吾有杂文《论FARCE》，FARCE来自法语，可译作“闹剧”；那么当时什么作品被日本人看作FARCE呢？对此，《风博士》《闲山》则会给读者带来直观的感受。为什么《紫大纳言》《盛开的樱花林下》结尾略显残酷甚至突兀？如果你读过以下这段安吾对童话《小红帽》的评价，应该就能略微地明白在故事结尾陡然给出一面冰冷的墙，可谓是安吾的一种审美倾向：

读到这里，我们猝不及防被孤立、隔离开来，好像此前的约定有误一般颇为困惑不解，但是突然间什么东西撞到眼睛上，砰的一声不经意间辟出一片空旷的余白……风景在那片余白之中铺展开来，渗入我眼中的，正是可爱的小姑娘被狼大口吞食这幕令人不悦的残酷景象。

当然，安吾的作品绝不缺乏思想性，“绝望与拯救”“孤独与虚无”“灵与肉”，有心人自能从中读出三千世界。至于安吾本人，则如是说：

> 小说是烈性药。是灵魂有病的人的安眠药。虽然无法根治，却可以给予一时的安慰，就像玩具一样。……我的小说本来就是玩具而已。

因此，各位读者大可放下过多的念头，以轻松的心态展卷。愿各位得到一份属于自己的慰藉，玩得愉快。

（何中夏）

目录

风博士

各位是否知道位于东京市某区某町某番地的风博士的宅邸？不知道？那可就太遗憾了。那么，各位知道伟人的风博士这号人物吗？不知道？太遗憾了。那么，伟大的风博士自杀身亡之事，各位也不知道喽？不知道。哎呀！那么，各位也不知道现场只发现遗书，伟大的风博士本人却杳然无踪、消失不见这件事喽？不知道。哎呀！那么，各位想必也不知道我因为警方的怀疑，而感受到非比寻常的困难吧？哎呀！那么，想必各位也不知道我是伟大的风博士的得意门生吧？不过警方知道这一点。根据警方的推测，伟大的风博士肯定是与我共谋后，捏造了这份遗书佯装自杀，企图借此诋毁那可憎的章鱼博士的名声。各位，这明摆着是误会。因为伟大的风博士已经自杀了。他真的自杀了吗？没错，伟大的风博士确实已消失无踪。各位这样轻易地怀疑真理，对吗？因为这肯定会给各位的一生带来各种霉运。正因为真理具有值得令人相信的特质，所以对于伟大的风博士之死，各位非相信不可。那么，对于那位可憎的章鱼博士——啊，各位知道那位可憎的章鱼博士吗？不知道。哎呀，这真是太遗憾了。那么，风博士那篇令人难过的遗书，各位势必得先过目。

风博士的遗书

各位，他是个秃子。没错，他是秃子。除了秃子之外，什么也不是。他刻意用假发来掩饰他的秃头。哎呀，真是滑稽之至！没错，多么滑稽啊。确实很滑稽。各位不妨想象一下猛然出手抢下他头发的画面。各位将会突然昏厥。除了昏厥外，各位不可能再遭遇任何情况。换句话说，各位目睹那极度猥亵，无以名状的红色光秃突起物后，会感到惊心动魄。那怪异的臭味，肯定会在各位往后的人生中留下永难磨灭的悲叹。请容我直言，他真是只可憎的章鱼。戴着人皮面具，心里暗藏各种狠毒诡计的章鱼，指的不是别人，就是他。

各位，请不要指着我的鼻子，批评我说这是诬告。因为我向真理发誓，他是如假包换的秃子。如果各位心中依旧存疑，请向家在巴黎市蒙马特高地 Bis 三号的理发师焦伯先生询问。各位可以问一句“您是否还记得，距今四十八年前，有两名日本留学生来这里买假发。其中一人顶着秃头，浑身肥油，犹如肥猪，一脸蠢相，而他身旁的友人，则是位黑发明眸的美少年”。那位黑发明眸的友人就是我。各位请看，他果然是早在四十八年前就已经秃了。哎呀，着实令人不胜感慨！高洁犹如槲树的诸位，看到他这等卑俗之人，为何不会祈求他埋没于土中，从地表消失呢？因为他竟然想用假发来隐瞒自己的秃头。

各位，他是我可憎的论争对手。单纯只是论争对手吗？不不不。我要说一千遍不。在我的诸多生活中，他同样也是我可憎的仇敌。真的很可憎吗？没错，确实很可憎！各位，他的教养浅薄至极。假使各位聪明犹如世界地图，各位能容许学识渊博的章鱼存在于世吗？不不不，我要说一万遍不。因为我要特地在此公开他不学无术。

各位知道南欧有个小村落叫巴斯克吗？若各位从位于法国和西班牙两国边境处的比利牛斯山往法国走的话，就会来到巴斯克这个小村落。这个珍奇的村落，在人种、风俗、语言方面，与西欧的所有人种完全隔绝，其实我试着绕了地球半圈，才在远东的日本国首次发现极为类似的村落。倘若我的研究未能完成，这将会成为地球上的怪谈，令各位胆战心惊。不过各位放心，我的研究已完成，并且对世界和平做出了伟大贡献。请看，源义经①已成为成吉思汗。成吉思汗侵略欧洲，来到西班牙后失踪。没错，因为义经和他的伙伴们在比利牛斯山中气候最温和之地隐居养老。这即是巴斯克的开辟史。然而，章鱼博士这个无礼之徒，委实狂傲不逊，竟敢对我伟大的功绩提出异议。他说，蒙古侵略欧洲，是成吉思汗的继承人元太宗创下的事迹，在成吉思汗死后十年才发生。多么愚蠢浅薄的论调啊。在遗失的历史中，区区十年何足挂齿！亵渎历史之深奥，莫此为甚！

各位，在此一一列举他的恶行，非我本意。因为他异想天开，不具备知识分子的素养，反而还让人说是我诬告，对我充满恨意。举例来说，各位，平日在我家门口撒香蕉皮，企图以此杀害我的阴谋，也是他的主意。庆幸的是，我仅臀部和肩胛骨有些轻微跌打伤，还不至于脑震荡，但对于我提出的控诉，世人却一致责骂我。各位可明白我心中的悲戚？

---

① 源义经（1159—1189），日本平安时代末期武将。文中其成为成吉思汗一说乃作者杜撰。

贤明磊落犹如太平洋的各位啊，以下这件令人悲痛的大事，你们也打算默不作声吗？他睡了我的妻子！各位，我再说一次，聪慧敏锐犹如触须的各位啊，我的妻子美艳犹如高山植物，但她并非是单纯的植物。啊！请容我说第三次，冷静犹如电风扇的各位啊，那可憎的章鱼博士不存半点爱意，却夺走了我的妻子。各位，永远对章鱼这种动物感到战栗吧，我的妻子正是出生于巴斯克的女性。她协助我研究，无疑是最佳范本。章鱼博士便是看准了这点。唉，智者千虑，必有一失。没错，智者千虑，必有一失。我一时大意，竟未事先将章鱼博士秃头的事告知妻子。不幸的她，因此被章鱼博士据为己有。

基于这样的缘故，各位，我决心奋起。打倒章鱼！埋葬章鱼博士！没错，如此可憎的缺德之人，就该给予严惩！一点都没错。因此，我日夜都在研究对策。各位肯定都已了解，一般正当的攻击，根本难以和他的诡计匹敌。如今，我只从这世上找到唯一的一个方法。没错，唯一的方法。因此，我下定决心，以鸭舌帽隐藏面貌，趁夜潜入他的宅邸。与门锁相关的所有研究书，我已事先彻夜研读。因此我才得以像空气般潜入他的寝室。各位，我不费吹灰之力便将那可憎的假发拿在手中。各位，当我看到那光秃秃的红色怪物出现在面前时，我心中着实百感交集，泪水不禁满溢而出。各位，期待隔天黎明的到来，那可憎的章鱼终将无所遁形地暴露出他章鱼的真面目！我将假发藏进雀跃不已的胸膛里，再次如暗影般悄悄离去。

可是，各位，唉——各位，噢——各位，我终究还是输了。他简直就像是诡计之神，唉，章鱼果然不是易与之辈。有谁能准确预测出他的阴谋诡计呢？隔天，他的秃头再次隐藏在假发之下。其实各位，他暗藏了其他假发。我彻底输了。刀折断，箭用罄。我已清楚明白，凭我一己之力，难以应付他的奸计。各位，世上就没有能惩戒章鱼的勇士吗？埋葬章鱼博士！将他从和平的大地上铲除！各位不爱正义吗？唉，无奈。既然这样，我决定以我个人的力量来消灭他。唉，可悲。

各位看了伟大风博士的遗书后，心中兴起多深的感动呢？感到多强烈的愤怒呢？我可以清楚感受到。伟大的风博士就是这样自杀的。没错，伟大的风博士最后终究还是死了。用极为匪夷所思，而且没留下尸体的方法，结束了自己的性命，所以有一部分人紧盯着这事，觉得可疑。唉，我觉得很遗憾。因此，身为唯一目击者，我想巨细靡遗地详述伟大的风博士临终时的情景。

伟大的博士是个急性子。举个例子，假设他此刻坐在西南边的长椅上专注地看某一本书。紧接着下个瞬间，伟大的博士会整个人深坐在东北边的扶手椅上，急促地翻书页。此外，伟大的风博士在喝水时，会突然连同杯子一起吞下肚。各位这时肯定会发现，书房里笼罩着一股急促的后悔，以及类似黄昏的沉默。这股急促的风潮会感化屋内的一切物品。举例来说，时钟在下午一点会急促地敲响；礼貌周到的访客扭扭捏捏不肯就座时，椅子会像发飙似的发出声响；物体形成的阴影会突然朝太阳奔去。这急促慌张的一切，画出直线形的疾风，四处穿梭交错，所以屋内宛如有数道飞箭乱射一般，真空闪光四散，喧闹不休，已成为一种习惯。有时屋内中央还会扬起一阵龙卷风，他自己也跟着慌张起来，手忙脚乱。在那一刹那，伟大的博士屡屡被卷进龙卷风内，挥动着拳头，在空中急促地翻滚。

而在事件发生之日，正巧是伟大博士的婚礼。新娘芳龄十七，是位娇艳欲滴的少女。在此必须说，伟大的风博士会看中她，确实有伟大的见识。因为这个少女原本在街头卖花，三天连一朵花也没卖出，但她主要都在观赏天上的白云，时而凝望霓虹灯，对眼前的悲剧如此天真无邪。对照于伟大的博士以及他所描绘出的旋风，与他如此相称的少女当真是百年难得一遇。我答应要为这场幸福的婚礼献上祝福，当他们的婚礼牧师，同时担任宴席服务生。在我的书房布置婚礼场地，与新娘迎面而坐，静候伟大博士的到来。不久，天色破晓。新娘果然没做出惊人的轻率之举，但我内心却是片刻不得安宁。该不会伟大的博士出了什么差错，改和别人结婚了吧。到时候不知道会丢多大的脸，也许会在地球表面刮起一阵急促的旋风也说不定。我向新娘说明缘由，急忙驱车赶赴恩师的书房。赶到后，我才松了口气。当时伟大的博士深坐在西南边的长椅中，全神贯注地埋首书中，毫不厌烦。而且他一定是才刚从东北边的扶手椅改换到这里的，证据就是一阵疾风从东北往西南吹来，刮出数道渗进眼中的飞箭。

“老师，约定的时间都过了。”

为了尽量不惊动伟大的博士，我以严肃的态度说道。就结果来看，这足以惊吓伟大的博士。因为伟大的博士穿着一身褪色的燕尾服，而且大礼帽摆在膝上，胸前纽扣上夹着一朵硕大的郁金香。换言之，诸多条件明确显示，伟大的博士热切期待婚礼的到来，同时又完全忘了婚礼这件事。

“POPOPO！”

伟大的博士重新戴好大礼帽。他一脸狐疑地朝我的脸凝视了数秒之久，接着像是清楚忆起遗忘的事物般，流露出深深的感动之色。

“TATATATATAH！”

那一刻，我只听到一声尖锐的叫喊，伟大的博士已消失在被一脚踹开的大门之外。我大吃一惊，急忙追向前。而就在那一刻，奇迹发生了：伟大的博士突然消失无踪。

各位，屋子的大门没有开启过的痕迹，人们绝对无法从这里进出。因此，伟大的风博士肯定没走出屋外。而伟大的博士也不在宅邸内。我听着那凝缩在楼梯半途，迟迟回荡不散的急促脚步声，只看到一阵疾风在楼梯下狂吹。

各位，伟大的博士化成了风。他真的化成风了吗？没错，他确实化成了风。他不是就此凭空消失了吗？不见其踪影，就表示他幻化成风了吗？没错，他已幻化成风。因为看不到他的踪影啊。不是幻化成风，又会是什么？是风。没错，是风、是风、是风。各位，如此昭然若揭的事实，还需要怀疑吗？这样真是太遗憾了。那么我再附上一个无法撼动的科学证据吧。这天，这个可憎的章鱼博士刚好也在同一瞬间染上了流感。

傲慢之眼

（一）

一位极具都会式青春气息的县长，前往偏僻的县政府所在地就任。由于他凡事讲究排场，所以令街上的人们看得目瞪口呆，不久，暑假到来，县长留在东京学校念书，相貌出众的独生女来到这座市街，人们这才明白县长的伟大。

某天黄昏，街上举办祭典，县长千金外出参观神社的热闹场面。在庆典的灯光照耀下被微微染红的人群中，发现众多目光往自己身上汇聚，这令县长千金相当满足，但最后她发现一道令人无法忍受的傲慢目光。那目光并非来自暗藏憧憬或羡慕而刻意佯装出的冷笑，对方一直瞪视着她，就像要以极度的傲慢烙印在她脸上一般。县长千金马上回瞪对方，这时，那双傲慢之眼仿如在嘲笑她的意气用事，就此若无其事地移开。之后，她又多次遇上那双眼睛。那双眼睛从意想不到的市街角落瞪视着她，眼神犹如要将她的侧脸射穿。

某日，县长千金从海边返回时，爬上一座没有道路的沙丘。眼前是一整片长满茂密松树与杨树的森林，她发现在林中某个阴暗的角落，那个“傲慢之眼”正架起三脚架，面对画布作画。“傲慢之眼”是一名身高将近一米八的大汉，但从他那破烂的小仓织长裤以及脏兮兮的学生帽，看得出他还只是个年轻的中学生。

这天，县长千金有两名女仆随行。虽然有女仆们在场，县长千金仍有所顾虑，但最后她还是头也不回，笔直地往前走去，来到“傲慢之眼”面前才停下。

“你为什么用憎恨的眼神瞪我?”

县长千金口齿清晰地说道。

少年微露惊讶之色，但他空洞的眼神望向画布，脸色涨红却不回答。接着他逐渐低下头去。

“你的意思是我太傲慢吗？还是说，县长的女儿很惹人厌呢?”

然而，少年就只是笨拙地弯下他那高大的身躯，低头不语。半晌过后，他开始把玩起画笔，似乎不知如何是好。

“那么……”县长千金语气坚决地朝少年吩咐了一句，“你不会再瞪我了，对吧!”

接着，她猛然一个转身，就此往回走。但就在县长千金转头的途中，少年马上抬起头来。他的傲慢之眼满溢着冷光，宛如要将县长千金刺穿般，紧紧瞪视着她。县长千金已经转头背对他，所以此时她也无计可施。

“那孩子一定是暗恋小姐。”一名女仆说。她这句话说得轻松，但并未就此让县长千金放心。当时我为什么不转头斥责他呢——县长千金无比懊悔。

隔天同一时刻，县长千金独自前往沙丘森林。“傲慢之眼”仍在那里面向画布作画，他一看到县长千金，脸上明显露出慌乱之色，不知该往哪儿摆的视线，落向画布。县长千金隔着画布，凝视着少年那凌乱的头发，内心逐渐变得平静。

“你是在这个市街就读的中学生吗?”县长千金问。

“没错。”少年冷淡地应道。

“你日后想当画家吗?”

少年无言颔首，接着开始慌张地玩弄起画笔。县长千金就像卡在胸口的浊气就此消散般，感觉心情轻松不少。她朝松树的树根坐下。抬头仰望，隔着树叶可以望见夏日闪亮的蔚蓝晴空，整面沙丘都传来那久久不散、令人心情沉闷的蝉鸣。少年显得局促不安，但他马上取出素描本，微微低着头，画起了县长千金。

（二）

县长千金一开始先佯装毫不知情，但接着她问："你在画我吗?"少年板着脸，小小声地低语："请不要动。"

半晌过后，县长千金不理会少年，动作利落地站起身，命少年让她看那幅画。少年仍是沉默寡言，在添了两三笔修饰后，默默地递出素描本。同样的姿势，他画工精巧地连画了数张。县长千金一张一张细看，若有所思。

"这样啊，那么，我来当你的模特儿吧。明天同样这个时候，请你准备好新的画布，在这里等我。"

少年惊讶地仰望县长千金，但她不等少年回答，已径自转身朝树下奔去。接下来约一个礼拜的时间，两人每天都在同一座沙丘隔着画布相对而坐，但几乎没有任何交谈。县长千金每次面带微笑向少年搭话，他都板着一张脸，只会简短地回答"没错"或"不"。而他那宛如会将人灼伤的眼神，不断交互来回于县长千金和画布之间。

某天因为临时有急事，县长千金没有预先向少年告知，便出门开始了十天左右的旅程。回来后，不巧又遇上连日降雨。夏天就这样匆匆来到尾声。

某个放晴的白天，县长千金走到那片闪着亮光的杨树林。她来到平时常去的那处场所，只见少年宛如安置于该处的一尊雕像，默默地面向画布，一动也不动。

“明天我要回东京了……”

“就算只有我一个人，我也能完成这幅画。”

少年态度冷淡地应道，然后像在催促县长千金摆好姿势，已执起了画笔。在下雨的这段时间，夏日匆匆离去的凋零感，不只显现在这片沙丘，也显现于苍穹，蝉鸣声落寞得沉积不散。这幅画已近乎完成，呈现出县长千金意想不到的美。而在道别时，县长千金再度说道：

“再见了。明天我就要回东京了……”

“就算只有我一个人，我也能完成这幅画。”

少年面带愠色，以坚决的语气重复同样的话。接着他以木讷的动作摘下肮脏的帽子，弯下那高大的身躯，生硬地行了一礼，以此道别。

翌日，县长千金踏上旅程。她在熟人们的热情欢送下走出停车场。这时，在炎炎烈日下，她从铁轨沿线看到一个奇怪的人影，大吃一惊。那名高大的中学生抱着画具箱倚在电线杆旁，沉着一张脸，朝车内投射出祭典那天所看到的傲慢之眼。当车子与他擦肩而过时，他慵懒地转过头来，晃动他宽阔的肩膀，缓缓前行。

寒假时，县长千金并未回父亲任职的地方。当然了，如果满心牵挂少年的事，她会觉得自己很傻，而且，要是真的与少年重逢，那反而才怪呢。

不过，县长千金在某个黄昏与人闲聊时，曾向一位友人说起悄悄话。

“我曾经有个男友。他是身高将近一米八的高个子，现在还是中学生，他是绘画的天才呢……”

县长千金脱口说出“天才”这两个字时，感受到一股意想不到的满足感，仿佛把心中想说的话一股脑儿全说了出来。因为透过这意想不到的名词，在静静的感伤中，她清楚地忆起夏日时透过沙丘森林的枝叶缝隙所看到的蔚蓝苍穹。

盛开的樱花林下

每当樱花盛开时，人们就会拎着美酒，大啖丸子，信步于花下，不住夸赞着“美景”“春色烂漫”，喜溢眉宇，满面春风，但这全是信口胡诌。为什么说是胡诌呢？大批人聚集在樱花树下，喝得酩酊大醉，随地呕吐，大打出手，这是从江户时代便有的事，以前有人会觉得樱花树下是可怕的地方，绝对没人会认为那是什么美景。近来一提到樱花树下，由于总是游人如织，在那里饮酒喧闹，所以给人欢快、热闹之感，但如果将人们从樱花树下移除，它便会顿时化为骇人的景致。因此在能剧中有个故事曾提到：某位母亲因心爱的孩子遭人贩子掳走，她四处找寻孩子，就此发疯，来到樱花盛开的树林下，在放眼尽是花瓣的樱花树下描绘孩子的幻影，因此发狂而死，为花瓣所掩埋（这部分是在下自己画蛇添足）。樱花林下一旦没有人影，就只剩骇人的气氛。

昔日，铃鹿岭也有这么一条道路，旅人都得从樱花林下路过。在没开花的时节倒是安然无事，可一旦迈入花季，旅人来到樱花林下，个个都会变得意乱神迷。会想早点从樱花林下逃离，头也不回地朝有绿树或枯树的地方发足飞奔。只身一人时倒还好，因为头也不回地逃离樱花树下，来到正常的树下后，便会松口气，心中直呼“好险”，就此平安无事，但倘若是两人同行，可就不妙了。因为每个人的脚程快慢不同，总有一人会落在后头，所以就算在后方死命叫喊“喂，等等我”，但此时大多数人都已精神错乱，只会丢下朋友，一味向前狂奔。因此旅人们只要从铃鹿岭的樱花林下路过，尽管过去交情深笃，也会就此交恶，不再相信与对方的友情。基于这个缘故，旅人们自然而然不再从樱花林下路过，会专程绕远路，改走其他山路。过了没多久，樱花林偏离了干道，独自坐落在无人通行的寂静山林中。

几年之后，一名山贼开始在这座山中住下。此人性情残暴，会来到干道上，剥下旅人们身上衣物，取人性命，下手从不留情。但即使是他这样的男人，来到樱花林下也一样心生恐惧，意乱神迷。于是从那之后，山贼开始讨厌樱花，他暗自在心中嘀咕——樱花这种东西真是可怕，看了就讨厌。明明没风，但总觉得樱花底下风声呼号。不过，正因为没有风声，所以四周阒静无声。只有自己的身影和脚步声，在寂静、冰冷、毫无动静的风中被紧紧包覆，就像花瓣一片片飘零凋落，感觉灵魂好似也随之飘散，生命在一点一滴地流失。所以人们才会想闭上眼，放声大叫，拔腿逃离，但要是闭上眼又会撞上樱花树，所以无法就此闭着眼睛，这样一来则更加精神错乱。

不过山贼生性冷静，不知后悔为何物，所以尽管对此感到奇怪，却也不惧。明年再思考这个问题吧——他如是想，因为今年没心思细想。这个问题等明年花开，到时候再来好好推敲一番，他每年都这么想，一晃眼十几个年头过去，今年他又打算等明年再来细想，转眼又是岁末。

在他抱持这个念头期间，妻子从原本的一人增加为七人，接着又从干道上掳来第八名妻子，连同抢下她丈夫身上的衣物。至于她丈夫，自然是一刀斩杀。

打从杀死女子丈夫的时候起，山贼便觉得不对劲，感觉与平时不太一样。究竟是哪里不一样，也说不上来，但就是觉得古怪，不过他向来不习惯拘泥于这种小事上，因而当时也就没特别在意。

实际上起初山贼并无意取男子性命，他原本打算剥光他的衣服后，像往常一样说一声“快滚吧”，一脚将他踢开。但因为他身旁的女子美艳不可方物，山贼就此一刀杀了男子。此举不光他自己感到意外，对那名女子而言，同样也是出乎意料，当山贼回身而望时，女子吓得腿软，一脸茫然地望着他。山贼说：“从今天起，你就是俺老婆了。”女子点了点头。山贼执起女子的手，扶她站起，女子却说“我走不了，你背我”。山贼应了声“没问题”，轻盈地背起女子，迈步前行，但来到险峻的上坡处，山贼说：“这里很危险，你下来自己走。”但女子却紧抓着他应道“我不要，我不要”，怎样也不肯下来，“你想想，这种坡道，连你这种住惯山林的男人都觉得吃力了，我怎么可能走得动？”

“这样啊，好，好。”山贼累得上气不接下气，但还是满心欢喜，“不过，你还是先下来吧。俺有的是力气，所以并不是因为体力吃不消，想停下来喘气，而是因为后脑勺没长眼睛，打从刚才起就一直背着你，心里忍不住急了起来。俺想先放你下来，好好看看你可爱的脸蛋。”

“我不要，我不要。”女子死命地抱紧山贼的脖子，“这么冷清的地方，我一刻都待不了。你快点带我去你住的地方，一刻都别停。否则我就不当你的妻子。你要是让我感到孤单冷清，我就咬舌自尽！”

“好，好，知道了。你的要求，俺一概照办。”

山贼面对这位美若天仙的老婆，对日后的生活充满期待，感受到一股几欲融化般的幸福。他耀武扬威地昂首挺胸，转了一圈，让女子看前山、后山、右山、左山。

“这一大片山全是俺的。”

山贼如此说道，但女子完全没搭理。山贼感到既意外，又失望。

“你听好了。你眼前看到的所有山林、溪谷，甚至是从溪谷涌现的浮云，全都是俺的。”

“你快走吧，我不想在这种满是岩石的山崖下久待。”

“好，好。到家后，俺替你张罗一顿丰盛的大餐。”

“你就不能再快一点吗？用跑的！”

“这处坡道地势这么陡，连俺自己一个人走的时候也没办法跑呢。”

“真看不出，原来你这么窝囊。我竟然嫁给了这么没用的人当老婆。唉——唉——今后我该仰赖什么过日子才好啊。”

“胡说什么呢。不过就区区一条坡道嘛。”

“唉，真令人着急。我看你是累了吧?”

“说什么傻话。待俺上完坡，就跑给你看，保证连鹿都追不上!”

“可是你好像喘得上气不接下气，还脸色发青呢。”

“做任何事，一开始都是这样。待会儿跑顺了，就会健步如飞，保证你在俺背后会晃得头昏眼花。”

话虽如此，但山贼其实已精疲力竭，全身关节都快散了。当他返抵家门时，早已两眼发黑，耳鸣不止，甚至连用嘶哑的声音说句话的力气也没有了。家中的七个老婆前来相迎，而山贼光是放松自己像石头般僵硬的身躯，放背后的女人下来，就已是竭尽全力了。

七个老婆看到这位从未见过的女子，皆因她的美貌而大受震撼，但女子则是因为这七个老婆的肮脏模样而大为震惊。这七个老婆当中，有的昔日也曾是花容月貌，但如今已风华不再。女子不禁感到害怕，退到了山贼的背后。

“哪来的这些山怪啊!”

“她们是俺以前的老婆。”

山贼很伤脑筋，总算想出“以前”一词，套进话里，虽是匆忙之间想出的回答，但已算是可圈可点，不过女子却毫不客气:“哎呀，她们就是你以前的老婆啊?”

“这是因为俺以前不知道世上有你这样的可人儿。”

“那你杀了那个女人。”

女子指着当中容貌最端正的一人喊道。

“大可不必杀了她吧，你就把她当侍女看待不是很好吗？”

“你杀了我丈夫，却舍不得杀自己老婆吗？你这样还想娶我当老婆吗？”

从山贼紧闭的双唇中传出一丝呻吟。他突然虎跃而起，一刀斩杀女子所指的那个老婆，但他根本没空喘息。

“换这个女的。这次杀这个女人。”

山贼踌躇了一会儿，但旋即大步走向前，朝这个老婆的脖子手起刀落。人头滚向地面，兀自未停，女子已指向下一个女人，响起她那娇柔清亮的声音：“接下来是这女人。”

被她指到的女人双手掩面，放声尖叫。山贼举刀过顶，朝尖叫处划过一道寒光。其他女人马上站起身，四处逃散。

“要是逃走一个，我绝不原谅你。草丛里躲着一个，还有一个往上游逃去了。”

山贼抡起血刀，在山林中东奔西跑。当中只有一名女子因为来不及逃开，吓得瘫软在地。她是里头长相最丑的女人，而且还跛脚，不过当男子将逃跑的女人一一斩杀，返回原地，随手举起血刀准备斩落时——

“这女的就免了。我要留她当侍女。”

“反正顺便，就一并杀了吧。”

“你可真傻。我的意思是叫你别杀了她。”

“这样啊？好吧。”

山贼将血刀抛向一旁，一屁股坐向地面。疲劳感铺天盖地袭来，眼前为之一黑，他感觉屁股就像是从土里长出似的，清楚感觉到自身的重量。这时，蓦然察觉四周的寂静，突然生出一股恐惧感，令他大吃一惊，回身而望，发现女子站在原地，显得闷闷不乐。男子有一种从噩梦中醒来的感受，接着他的目光和灵魂都很自然地被女子的美所吸引，浑身无法动弹。但同时心中感到不安，是何种不安，为何不安，什么令他不安，他自己也不清楚。然而女子实在太过美丽，就此吸走了他的灵魂，所以他才能泰然面对心中不安的波涛，不以为意。

他心想，这种感觉还真似曾相识，曾经也有过类似的情形。“啊，对了，就是那个。”当他发现时，把自己吓了一跳。

正是那盛开的樱花林下。这类似从樱花林下走过的感觉。他不知道是哪里像，又是怎么个像法，不过两者之间确实有相似之处。山贼的个性就是如此，总是一知半解，也不打算有更深一层的了解。

山中漫长寒冬结束，尽管山巅和谷底的树荫下仍留有残雪，但花季即将到来，整面天空都呈现出春日将至的兆头。

山贼心想，今年等樱花盛开后，要大胆一试。刚走进樱花树下时，还不会有什么异状，于是他拿定主意，朝樱花林中走去。先前走在樱花林下，会渐感意乱神迷，不管前后左右，往哪个方向瞧，一律都是覆满头顶的樱花，而往樱花林中央走近后，则会因极度的恐惧而盲目地横冲直撞。他心想，今年要在樱花盛开的林中静止不动，不，干脆就坐在地上吧。到时候也一并带这个女人去——他突然兴起这个念头，朝女子瞄了一眼，接着感到一阵心神不宁，急忙别过脸去。“要是让这个女人知道俺心中的想法，那可就糟了。”不知为何，这个想法深深烙印在他心中。

★

女子天生刁蛮任性，不论山贼再怎么用心帮她张罗菜肴，她都不满意。山贼在山林中奔走，猎捕飞鸟和野鹿，也会猎杀熊或野猪。那名跛脚侍女则是终日在林间找寻树芽和草根，但女子从未显露满意之色。

“你打算每天让我吃这种东西吗?”

“这已经是上等佳肴了。在你来这里之前，这类的菜肴俺平均十天才吃得上一次。”

“你是山林野汉，所以对这种东西觉得满意，但我却是难以下咽啊。住在这种冷清的深山里，漫漫长夜里听到的尽是猫头鹰的叫声，至少在饮食上总该有不输京都的美食吧。啊！京都的风雅！现在完全被断绝京都风雅的我，心中是何等落寞，想必你不会明白。你夺走了我所有的京都风雅，而能给我的，就只有乌鸦和猫头鹰的啸叫。你却对此一点都不觉得羞愧、残忍。”

对于女子的这番怨怼之言，山贼感到莫名其妙。因为他根本不知道何谓京都风雅，也无从想象，更想不透竟然有人还会对现在这样的生活和幸福感到不满。他就只是对女子所埋怨的风雅不足感到困惑，也完全不懂该如何应对，因而深为这样的焦急所苦。

过去不知有多少来自京都的旅人命丧他刀下，来自京都的旅人都是富豪，所带的行李也都很奢华，所以来自京都的人都是他的肥羊。当他好不容易抢来人们的行李，打开一看，发现里头尽是些不值钱的东西时，他便会咒骂一句“啐，去你的乡巴佬”，或是“好你个土老百姓”。也就是说，他对京都的了解就仅此而已，那是拥有奢华行李的人们所住的地方，而他对京都人唯一会有的念头，就是要将他们洗劫一空。至于京都的天空在哪个方向，对他而言，完全没必要去探究。

女子很珍惜发梳、笄、发簪、口红等物品，每当山贼要用沾满泥巴的手，或是染了野兽血污的手碰触女子的衣物时，总免不了挨她一顿训斥。就像衣服是女子的性命一般，而她的唯一职责就是守护衣物，她把自己打理得干干净净，命山贼整理修缮屋子。至于她身上的服饰，光一件窄袖和服和细绳还不够，一定得搭上好几件衣服和多条细绳，而且细绳还得绑成奇特的形状，垂挂在身上，再配合各种饰品，这样才算打扮完毕。山贼看得瞠目结舌，赞叹不已。他这才明白，就是如此大费周章才成就了女子的美，而他也因这样的美而得到满足。此事不容置疑，就部分来看这种美毫无意义，而且既不完整，也是无法理解的碎片，但在汇聚之后则形成一个完整之物；如果将此物分解，又会回归为无意义的碎片，山贼以自己的想法来理解这当中的道理，视此为一种奇妙的魔术。

山贼砍伐山上的林木，制作女子吩咐的物品。到底要制作什么，所为何用，他在制作的过程中始终没能搞懂。他做了胡床和肱挂①。胡床就是所谓的椅子。在天放晴的日子，女子会命他搬出屋外，摆在向阳处或是树荫下，自己则坐在上头闭目

① 肱挂，坐时让下臂和手肘靠着的旧式家具，或称“座用扶手”。

养神。如在屋内，她会倚坐在扶手上，陷入沉思，而这些在山贼眼中，显得如此奇特、风情万种，而令人心烦意乱。女子在现实中施展魔术，而他自己身为魔术的助手，却又无时无刻不对魔术的结果感到惊诧、赞叹。

跛脚侍女每天早上都为女子梳理她那头乌黑长发，而梳头用到的水，是山贼从遥远的溪谷清泉汲取而来，山贼对于自己如此用心的辛劳感到欣慰。自己也能为眼前的魔术尽一分心力，是山贼的愿望。他很想伸手轻抚那梳理整齐的黑发，但女子总是把他赶开，对他呵斥道“不要用你的脏手碰我”。男子就像孩子般把手缩回，望着亮泽的黑发被绑成发型，黑发中露出脸蛋。男子见证了“美”的诞生，感觉就像经历了一场不会成真的美梦。

“这种东西真是……”

他把玩着上头有图案的发梳和带有装饰的笄。那是他过去看不出有任何意义和价值之物，现在依旧如此，对于事物间的调和、关系、装饰这类的意义，他仍没有任何见解。不过，他明白这当中存有魔力，魔力是物品的生命，物品也存在着生命。

“你别这样把玩。为什么你每天都非得这样把玩不可呢？”

“因为俺觉得很不可思议。”

“什么不可思议?”

“俺也说不上来。”

男子感到难为情。他为之惊讶，但不知是什么令自己惊讶。

男子就此对京都产生畏怯之心。他的畏怯不是恐惧，而是对不明白的事物所抱持的羞惭和不安，类似博学者对未知事物所抱持的羞惭和不安。每次女子一谈到“京都”，男子内心就会为之战栗。然而，只要是肉眼看得见的事物，他从不畏惧，所以他不习惯这种羞愧心，不适应这种恐惧心，因而他对京都只怀有敌意。

他袭击过成百上千名来自京都的旅人，从来没有人足以与他匹敌，他对此相当满足。不管再怎么回忆过往，他都不会感受到怕遭人背叛或伤害的不安。当他察觉这点后，时常感到既愉快，又自豪。他拿女子的美貌和自己的勇猛做对比，而对自己的勇猛有所自觉后，他认为比较难以对付的对象，就只有野猪了。而事实上，野猪也不是多么可怕的敌人，所以他一样保有一份从容。

“京都有长獠牙的人吗?”

“有持弓的武士。”

“哈哈哈。如果是弓，俺连山谷对面的麻雀都能打下。京都没有皮坚肉硬，足以把刀子震断的人吧？”

“有身穿盔甲的武士。”

“盔甲会把刀给震断吗？”

“会。”

“俺可是连熊和野猪都能制服呢。”

“如果你真是这么勇猛的男人，那就带我去京都吧。凭你的力量，取得我想要的东西，将京都的精华都装饰在我身上。倘若你能让我由衷感到快乐，那你才真的算是勇猛的男人。”

“这有何难！”

男子就此决定前往京都。他打算用不到三天三夜的时间，将京都里所有的发梳、笄、发簪、和服、镜子、口红，全堆向女子身边。似乎什么事都不足以令他挂心，唯一挂心的却是和京都毫无关系的另一件事。

那片樱花林。

再过两三天，森林里的樱花将完全盛开。他已做好决定，今年一定要在那樱花盛开的森林里，一动也不动地坐下。他每天都偷偷前往樱花林，查看花蕾的大小。他对急着起程的女子说，还要再等三天。

“难道你得打包行李？”女子秀眉微蹙，“别再让我等了。京都在呼唤我呢。”

“可是，俺有个约定。”

“你？这种深山野岭，谁会和你有约定？”

“确实是没人。不过，俺就是有个约定。”

“那可当真稀罕了。明明没人，你会跟谁有约？”

男子再也无法隐瞒。

“樱花就要开了。”

“你和樱花有约是吗？”

“樱花就要开了，俺得看过樱花后，才能出远门。”

“这是为什么？”

“因为俺得去樱花林下看看才行。”

“所以我才问啊，为什么非去看不可？”

“因为花开了。”

“因为花开了？这是为什么？”

“因为在花海下始终冷风飕飕。”

“在花海下吗？”

“因为花海是无穷无尽的。”

“花海吗？”

男子自己也不明所以，大感烦躁。

“你也带我到花下去吧。”

“那可不行。”

男子直截了当地应道。

“俺得单独前去才行。”

女子面露苦笑。

男子第一次见识到什么是苦笑。他过去从不知道，世上竟有如此不怀好意的笑容，而且他并未将它判断成是“不怀好意”，而只是认为自己就算挥刀也无法加以斩除。证据就是，女子的苦笑就像盖了章一样，深深刻印在他脑中。它就像刀刃，每次一想起，脑中就会阵阵刺痛。而他无法加以斩除。

第三天到来了。

他悄悄出门。樱花已完全盛开。甫一踏进林中，脑中便回想起女子的苦笑。它化为过去未曾体会过的利刃，一刀劈进他脑中，这样便已令他思绪大乱。樱花林下的寒意，从无垠的四面八方涌来，他的身体旋即在这阵风的吹袭下变得透明，那来自四方的风呼号着，此地似已全然布满了冷风，只有他在叫唤的声音。他发足飞奔——多么空虚啊。他哭泣、祈祷、挣扎，只想着要逃离，而当他明白自己已冲出樱花林下时，宛如大梦初醒。唯一与做梦不同的是，他确实感受到令他上气不接下气的肉体痛苦。

★

男子、女子、跛脚侍女，就此开始在京都居住。

男子每晚都奉女子之命潜入宅邸，去盗取和服、宝石、装饰品，但光是这样仍不足以满足女子。女子最想要的，是屋里住户的项上人头。

他们的家中已搜集了数十座宅邸住户的人头。屋内四面以屏风区隔，摆满了人头，有的人头则是悬挂高处，由于数量着实太多，男子已分辨不出人头的身份，但女子却很清楚，如数家珍，尽管人头的头发脱落，尸肉腐烂，化为白骨，但她仍清楚记得这是哪户人家的哪个人。要是男子和跛脚侍女随意更动人头摆放的位置，她便会大为光火，直嚷着这里属于哪户人家，那里属于哪户人家，从而变得无比唠叨。

女子每天玩弄人头。人头带着家仆出外散步，人头一家人会到别的人头家玩，人头彼此谈恋爱，女性人头抛弃男性人头，而男性人头又遗弃女性人头，从而让女性人头伤心落泪。

某家大小姐的人头被某个大纳言①的人头欺骗了：在某个月黑风高的夜晚，大纳言的人头假装成大小姐心上人的人头，

---

① 大纳言，日本古代官职。为商议政事、议论天皇敕命的重要官职。

悄悄前去与她行鱼水之欢，而在云雨过后，大小姐的人头才察觉不对。大小姐的人头怨不得大纳言的人头，只能为自己可悲的命运饮泣，出家为尼。结果，大纳言的人头来到尼姑庵，要侵犯已出家为尼的大小姐人头。大小姐的人头本想一死了之，但最后还是屈服于大纳言人头的甜言蜜语，就此逃离尼姑庵，躲在名为山科的村落里，成了大纳言人头的小妾，蓄发还俗……其实大小姐人头和大纳言人头都已毛发脱落，腐烂，蛆虫直冒，露出森森白骨。两个人头共坐对饮，沉溺情爱，齿牙相碰发出咔嚓咔嚓的声响，腐烂的尸肉互相粘黏，鼻子扁塌，眼睛处也成了空洞的眼窝。

每次见这紧靠着彼此的两颗人头完全崩塌变形，女子便满心愉悦，放声大笑。

“来，把脸颊吃掉吧。啊，真好吃。大小姐的喉咙也一并吃了吧。好了，眼珠也一块啃了吧。我帮你吸一下吧。嗯，我舔。哎呀，真是香甜可口，教人回味无穷呢。我说你啊，你得好好啃哦。”

女子咯咯娇笑。那清亮悦耳的笑声，如同敲响轻薄的瓷器所发出的轻快声响。

当中也有僧人的人头。女子似乎很憎恨僧人的人头，总是拿它当反派，使其受尽憎恨，惨遭虐杀，或是遭官差处刑。僧人的“头”在变为“首级”后，反而长出头发，不久头发脱落，尸肉腐烂，化为白骨。变成白骨后，女子命男子再拿别的僧人的头来。新的僧人头仍保有少年的稚嫩之美，女子见了很是开心，将人头摆在桌上，喂它喝酒，与它腮碰腮，舔它，搔痒，但很快就又腻了。

“我要一个胖一点、更惹人厌的人头。”

女子下令道。男子觉得麻烦，一次拎了五颗人头回来：有步履蹒跚的老僧人头；也有眉毛粗大，两颊肥厚，鼻子活像脸上粘着一只青蛙的僧人人头；有长得尖耳马脸的人头；有长相端正规矩的人头……但女子只看上其中一个。那是一名年约五十的大和尚的人头，长相丑陋，眼尾下垂，两颊松弛，嘴唇丰厚，就像是因为嘴唇太重而合不上嘴，当真是一副窝囊样。女子以双手手指抵住它下垂的眼尾两端，绕动几圈后将它往上吊，拿两根棍子插进它那狮子鼻的鼻孔中，将它倒立起来滚动，或是紧搂在自己胸前，将自己的乳房抵向它的厚唇间，让它含住……看到如此景象，女子纵声大笑，但很快又腻了。

当中也有美娇娘的人头。那是清新脱俗、文静高贵的人头，带有一点孩子气，但死后的容颜却透着一丝大人的忧郁，仿佛快乐、悲伤、成熟的思绪全藏在那紧闭的眼皮深处。女子把这颗人头当成自己的女儿或妹妹一样疼惜，帮人头梳理黑发，还帮它化妆。她念叨着这么做不行，那样做也不行，可谓是呵护备至，此时女子浮现出的温柔神情，仿佛会散发出花香。

为了这颗少女的人头，需要有颗年轻公子哥的人头来搭配。公子哥的人头也经过一番用心的化妆打扮，两颗年轻人的人头就此沉浸在狂热的恋爱游戏中。时而闹脾气，时而欺骗，时而露出哀伤之色，不过当两人的热情一旦点燃时，其中一人就如同燃起熊熊烈火，会将另一人烧成灰烬，双方都欲火焚身，化为高涨的烈焰，相互燃烧。但没过多久，就会有坏武士、好色之徒、恶僧这类的肮脏人头前来阻挠，公子哥人头遭人拳打脚踢后，丢了性命，那些肮脏的人头从四面八方袭向少女人头，肮脏人头的腐肉粘上少女人头，像獠牙般的牙齿咬住它，它的鼻头就此缺了一块，头发被扯下。接下来，女子用针在少女人头上戳出洞来，再用小刀又割又刨，将它变得比其他人头都还肮脏，令人不忍卒睹，之后便丢弃了。

男子讨厌京都。京都里的稀奇事物他也已看惯，如今心中只存在着一股无法融入的隔阂感。尽管他在京都里也和寻常人一样，穿着水干①，但还是一样露出小腿，大步而行。白天出

① 水干，日本古代朝臣的礼服。随着时代的推移，已逐渐成为日本武家及公家的日常服装。

门时，无法在腰间佩刀，而且非得到市场采买才行，到有娼妓的居酒屋喝酒，也得付钱。市场上的商人捉弄他，挑菜来兜售的乡下女人和小孩也捉弄他，甚至连娼妓也嘲笑他。在京都，贵族都搭牛车行走在道路中央。身穿水干、打着赤脚的家臣，可能是喝了别人款待的酒，满脸通红，趾高气扬地走在路上。男子常在市场、路上、寺院的庭园，遭人呵斥为“傻瓜”“笨蛋”“蠢材”。尽管如此，他并不会因为这些小事而动怒。

最令他感到痛苦的，是无聊。他深深觉得，人这种东西真是无聊透顶而且聒噪。大狗走在路上，小狗就会猛吠。男子就像是只遭吠的狗，他讨厌别扭、嫉妒、闹脾气、思考。他认为山中的野兽、树木、溪流、飞鸟就不会这般聒噪。

“京都真是个无聊的地方。”他对跛脚侍女说，“你会不会想回山里？”

“我不觉得京都无聊。”

跛脚侍女应道。她整天都忙着张罗三餐、洗衣，而且还和左邻右舍闲聊。

“在京都可以和人聊天，不会觉得无聊。反而是山里才无聊，我讨厌那里。”

“你不觉得聊天很无聊吗？”

“当然不会。不管是谁，只要聊天就不会觉得无聊。”

“但俺却觉得，聊愈多愈无聊。”

“你都不说话，所以才觉得无聊。”

“哪儿的话。就是说了话觉得无聊，所以俺才不说啊。”

“那你就试着说说看吧。包管你会忘记无聊。”

“说什么?”

“想说什么尽管说。”

“哪会有什么想说的。”

男子感到气恼，打了个哈欠。

京都也有山。然而，山上有寺院，有草庵，反而有更多人来往于山中。从山上可以一览京都的全貌——没想到竟有这么多人家。他心想：这是何等肮脏的景象啊！

白天时，他几乎忘了自己每晚都在杀人。因为他对杀人感到无聊。什么事都提不起兴趣。就只是一刀砍下，人头落地，如此而已。人的颈部是柔软之物，完全没传来砍中骨头的手感，就像在切萝卜一样，不过人头的重量倒是令他颇感意外。

他隐约能明白女子的心情。钟楼有一名僧人，胡乱地敲响大钟。男子心想：瞧他做这事，多傻呀。根本不知道他会做出什么事来。如果和这些人面对面生活，我可能也会选择砍下他们的脑袋，和他们一起生活。

不过，女子的欲望无穷无尽，这也令他觉得无聊。女子的欲望，就像在空中直线往前飞的飞鸟，没空休息，且不断地直线往前飞。这只鸟不会疲累，快意地破风翱翔，流畅地持续飞行，毫无休止。

但男子却只是一只普通的鸟儿。在枝丫间穿梭跳跃，顶多会偶尔飞越山谷，就像停在枝头上打盹的猫头鹰。他身手敏捷，常活动全身筋骨，也常行走，动作利落灵活。但他内心却是一只懒惰的鸟，从没想过要无止境地直线往前飞。

男子站在山上凝望京都的天空。空中有一只鸟直直地往前飞去，天空由白昼转为黑夜，再从黑夜化为白昼，无穷尽的明暗反复循环。它的尽头什么也没有，不论历时多久，一样只有无穷尽的明暗。男子无法理解这种无穷尽的现象，一日过去，又一日过去，日复一日，他思考明暗无穷尽反复的现象，想到头痛欲裂。这不是因为思考造成的疲累，而是思考所带来的痛苦。

回家后，女子一如平时，仍沉浸在玩人头的游戏中。女子一见到他，马上露出早已等候良久的神色。

“今晚你带颗白拍子①的人头回来。要找一颗特别漂亮的白拍子人头哦。因为我要拿它来跳舞。我来唱首流行曲给你

① 白拍子，日本平安时代末期到镰仓时代为皇室表演传统舞蹈的女性舞者，也有男性的白拍子。

听吧。”

男子想要回想起刚才在山上凝望的那无穷尽的明暗。这屋子应该就像那永无止境、明暗不断反复的天空一样，但他此时偏偏想不起来。而女子也不是飞鸟，她仍是平时那美艳动人的女人。他回答道：

“俺不要。”

女子大吃一惊。最后甚至笑了起来：“哎呀，你也变胆小了吗？原来你也只是个胆小鬼嘛。”

“俺不是你说的那种胆小鬼。”

“不然是什么?”

“因为没完没了，我感到厌烦了。”

“哎呀，这就奇怪了。任何事都一样没完没了。我们每天吃饭，不也是没完没了吗？每天睡觉，不也是没完没了?”

“这不一样。”

“怎么个不一样法?”

男子答不出话来。但他就是觉得不一样。为了摆脱这种辩驳不过她的痛苦，他走出屋外。

“要带白拍子的人头回来哦。”

后方传来女子的叫唤声，但他没答话。

为何不同，怎样个不同法，他苦思这个问题，但还是想不透。夜色渐深。他又往山上而去。此时已看不见天空。

待他回过神来时，他正在思考天空坠落的事。天空往下坠，而他就像被人勒住脖子般，痛苦难受，就如同杀了那名女子。

只要杀了女子，就能停止持续奔跑在天空无穷尽的明暗中，而天空将就此坠落，他得以松口气。但是，他的心脏却开了个大洞，飞鸟的身影从他胸口飞走，消失无踪。

那女子就是俺吗？在空中无穷尽地往前直线飞去的鸟儿，就是俺自己吗？他心中产生怀疑。杀了女子，就是杀了自己吗？俺到底在想什么？

为什么非得让天空坠落不可，这点他也想不透；所有的想法都难以捉摸，而拿走想法后，剩下的只有苦痛。天色破晓，他已没勇气回到女子所在的那个家，就在山中盘桓了数日。

某天一早，他睁眼醒来，发现自己睡在樱花树下。那是单独一棵樱花树，樱花盛开。他大吃一惊，弹跳而起，但并不是要逃离，因为就只有这么一棵樱花树。他突然想起铃鹿岭的樱花林。那座山的樱花林，现在肯定也同样樱花朵朵绽放。男子因这股怀念之情而忘我，陷入沉思。

回山上去吧！我要回山上去！为什么如此单纯的事，我竟然会忘了呢？为何会老想着要让天空坠落呢？他感觉就像从一场噩梦中醒来，有一种获救之感。之前他甚至丧失了知觉，感应不到山里早春的气味，此刻这一切又重新回到他身边，感觉得到那强烈的寒意。

男子回到家中。

女子满面春风地迎接他。

“你去哪儿了？我说了那些任性的话，让你受苦，是我不对。不过你也该替我想想，你离开后我有多寂寞啊。”

女子过去从没这么温柔过，男子感到心痛，他的决心差点就此融化。然而，他心意已决。

“俺决定要回山上。”

“要留我在这里吗？你心里怎么会存有这么残忍的念头？”

女子因愤怒而眼中燃起烈火，脸上尽是遭人背叛的愤恨之色。

“你是从什么时候变得这么薄情的？”

“所以俺才说，俺讨厌京都。”

“有我陪你也一样讨厌吗？”

“俺只是不想再继续住在京都了。”

“可是你有我在啊！莫非你讨厌我了？你不在的这段时间，我独守空闺，心里想的全是你呢。”

女子眼中噙着泪水。这是女子第一次眼眶泛泪，怒容已从女子脸上消失。此时她埋怨男子的无情，心中满是悲切。

“因为你不是非得住京都不可吗？俺则是非得住山上不可。”

“如果没和你同住，我无法活下去啊。你就没办法懂我的心思吗？”

“可是俺非得住在山上不可。”

“既然你要回山上，那我也一起回山上。就算只和你分离一天，我也活不下去。”

女子睁着泪汪汪的大眼，把脸埋进男子胸前，热泪直淌。泪水的温热渗进男人胸中。

没有男子，女子的确活不下去。新的人头是女子的生命，而能为女子带来人头的，除了他之外，再也没有别人。他是女子的一部分，女子绝不能放走他。女子深信，当男子的乡愁得到缓解时，一定会再次带她回到京都。

“可是，你能在山上生活吗？”

“只要是和你在一起，到哪里我都能生活。”

“山上没有你想要的人头哦。”

“如果非得从你和人头之间做一个选择的话，我会放弃人头。”

男子怀疑自己该不会是在做梦吧。因此他喜出望外，难以置信，如此求之不得的事，过去就连在梦里，他也从没想过。

他心中洋溢全新的希望。此事的来访是如此突然、直白，使得他先前的一切痛苦感受全被隔离在难以捉摸的远方。他甚至忘了，女子一直到昨天为止，都不是这样的温柔性情。眼前他只看到现在和明天。

两人将跛脚侍女留在京都，立刻往山上出发。出发时，女子悄悄对跛脚侍女留下一句话——我很快就回来，你等着。

★

昔日的群山重现眼前，仿佛只要开口叫唤，它们就会应声。男子决定走旧路返家，那条路因为无人涉足，已看不出原本的路形，变成寻常的树林和山坡。而顺着这条路走，会路过樱花林下。

“你背我。这种没路的山坡，我走不了。”

“好，当然没问题。”

男子轻松地背起女子。

他想起之前掳获这名女子的事。那天他同样也是背着女子，顺着山岭另一侧的山路往上而行。那天心中同样洋溢着幸福，但今天的幸福感更加丰沛。

“第一次遇见你那天，我也是叫你背我呢。”

女子也忆起往事，如此说道。

“俺也正想起那件事呢。”

男子喜滋滋地笑着。

“喏，看得到吧。这一大片山全是俺的。山谷、树木、飞鸟，甚至是浮云，全都是俺的。这山真是好。让俺忍不住想痛快地跑一跑。因为这一切在京都都没有。”

“我第一次遇见你的那天，也是要你背着我跑。”

“没错。当时可累死俺了，跑得我眼冒金星。”

男子可没忘了那盛开的樱花林。然而，在这幸福的日子里，那盛开的樱花林又何足为惧？他一点都不怕。

樱花林逐渐出现在眼前。当真是一整片盛开的花海；在清风吹拂下，花瓣纷纷飘落，地上铺满了花瓣。这些花瓣是从哪儿落下的呢？因为放眼望去，头上尽是一朵又一朵盛开的樱花，看起来完全感觉不出它们曾掉落任何一片花瓣。

男子走进盛开的樱花林下，四周万籁俱寂，寒意渐浓。他猛然发现，女子的手变得冷若寒冰，顿时不安起来。他立即领悟，女子是妖怪。倏然，一阵寒风从樱花林下的四面八方吹袭而来。

紧紧抱在男子背后的，是个有一张大脸、全身泛紫的老太婆。她的嘴巴直咧至耳根，卷曲的头发呈绿色。男子向前飞奔，想将她甩落，但妖怪双手使劲，紧掐他的喉咙，使他几乎快要看不清眼前的一切。他全神贯注，鼓足全身之力，将妖怪的手松开。脖子从妖怪双手的缝隙间挣脱，那妖怪从他背后一滑，跌落地上。这次换他压制住妖怪了。他紧紧勒住妖怪的脖子，待他回过神来，才发现自己使出浑身的力气掐住女子的脖子，而她已经气绝身亡。

他双眼变得模糊，试图用力睁大眼睛，但感觉并未因此而恢复原本的视力。因为他所杀害的不是恶鬼，而是刚刚背着的女子，女子的尸体横陈在他面前。

他的呼吸顿时停止。他的力气、思考，全都同时停顿。已有几片花瓣落在女子的尸体上，他摇晃女子，放声叫唤，紧搂着她，但全都徒劳无功。他放声号啕。应该是从他在山上住下后，一直到今日，他都从没哭过吧。而当他很自然地回过神来时，他的背后也堆积了不少粉白色的花瓣。

那里正好位于樱花林的正中央，四方的边界都被樱花掩盖，看不见深处。他平时的恐惧和不安已经消失，从樱花林边界吹来的寒风也消失无踪，就只有花瓣持续悄然散落。他第一次在樱花盛开的树底下静静坐下，这次他能永远坐下去，因为他已无处可归。

盛开的樱花林下隐藏的秘密，至今依旧无人能解。或许这只是“孤独”。因为男子已不需要畏惧孤独，他自己即是孤独。

他开始环视四方：头顶有樱花，花下悄悄蕴含了无限的空虚，花瓣悄然飘落，仅只如此。除此之外，再无任何秘密。

不久后，他感觉到有个温热之物，他发现那是他自己心中的悲戚。在花瓣与空虚的冷冽包覆下，那团温热之物的形体开始变得愈来愈清楚。

他想拨走女子脸上的花瓣。正当他的手即将碰触女子的脸庞时，感觉似乎发生了什么怪事。只见他手掌下全是飘降堆积的花瓣，女子的身影已消失不见，化为数片花瓣。而当他想拨开花瓣时，他的手和他的身躯也在他往前伸展时消失无踪。只剩下花瓣和弥漫不散的冰冷空虚。

闲山

昔日在越后国一处叫鱼沼的穷乡僻壤，有位在当地德高望重的老僧，人们都称他是闲山寺的六袋和尚。

在某个初冬的深更时分，和尚喜爱白雪反射带来的亮光，全身心投入抄经的工作中，忘却了时间的流淌；这时，窗外突然伸进一只毛茸茸的手，朝他脸上摸了一把。和尚拿起朱笔，在对方的手掌上写了个“花”字，接着继续埋首于抄经的世界中，心无杂念。

转眼已月落星沉，这时窗外频频传来哭喊声。刚才那只手再次伸进窗内，有个声音说道："大师，我一时糊涂，戏弄佛门高僧，您写下的文字太过沉重，压得我连路都走不好了。请您可怜小的，为我擦除这字吧。"和尚仔细一看，原来是只狸猫。和尚拿笔润了润砚台水，替它洗去掌上的文字后，它便闪身挤进雪间的缝隙，消失于黑暗中。

隔夜，有人敲响僧房的窗户，出声叫唤。和尚打开防雨的木门一看，昨晚那只狸猫手中拎着铁杉的树枝，抛进屋内后，又一溜烟逃了。

之后，每晚它都会带着当季的草木来到窗前，就此成为习惯。这一人一兽日渐熟稔，培养出无话不谈的情谊，狸猫开始替和尚打杂跑腿，对和尚的高风亮节感到敬佩，进而变身成小沙弥的模样，在一旁服侍。

这只狸猫人称"团九郎"，在狸猫一族中小有名气。不久，团九郎已能熟背经文，与和尚诵经唱和，并学会各种仪式规矩，陪同其早晚的坐禅，甚至连三十棒①的训诫也不畏惧。

六袋和尚擅长和歌俳谐，有时还会雕刻佛像、菩萨像、罗汉像等。他雕刻的罗汉像、居士像面貌与狸猫有几分相似，但这或许纯属偶然，与团九郎无多大关系。

---

① 三十棒，禅宗的师父为了警惕修行者，会加以三十棒责打，使其导向正道。

不知不觉间，团九郎也学会雕刻的诀窍。他四处搜寻木材，待和尚熟睡后，自行盘坐于僧房的角落，一旦挥动起凿子，便抛却万般杂念，连东方既白都不自觉。

六袋和尚在临死前六天，便已预知自己的死期。诸事安排妥当后，没留下半句辞世的文句，也没特别留下只言片语，宛如起身来到前庭散步般平静地圆寂了。

团九郎已体会参禅的三昧，了解诵经的闻法喜悦，所以和尚圆寂后，他仍未离开闲山寺。他厌恶五蕴①的羁绊，发愿要一心求得解脱。

新住持名叫弁兆。此人单纯只是个酒鬼。虽然与前任住持的高风亮节相差了十万八千里，但他遵守一生不犯的戒律，将一天的喜悦寄托于一醉一睡之间，算是位平庸无奇的和尚。

弁兆对于饮食的挑选相当用心，对于汤的口味总会吩咐要多方料理。他禁止团九郎坐禅诵经，派他到山后去摘取树芽，命他揉制荞麦面。待他喝醉后，还会命令团九郎替他按摩双肩，接着便像在炖萝卜头一样沉沉入睡。这当真是令团九郎意外不已，此人的一言一行皆俗不可耐，不忍直视。

某天傍晚，团九郎变身成一名云游僧，走进山门。当时弁

---

① 蕴又称为阴或聚，有积增聚合之意。佛教将蕴分析成五种基本元素，即色蕴、受蕴、想蕴、行蕴、识蕴，合称五蕴。

兆正因为小沙弥无故消失而满腹牢骚，没心思准备酒食。

这名云游僧身长六尺有余，一身劲骨丰肌，手脚好似老树。双眼炯炯如火炬，两颊凹凸如岩块，鼻孔呼气如风，一对厚唇犹如两条麻绳。

云游僧来到僧房，立于弁兆面前，以破钟般的大嗓门问道：

“噇酒糟汉①大啖佛法，何哉？”弁兆放下手中酒瓶，以丹田之力大喝一声回应。

只见云游僧缓缓朝地炉上方躬身弯腰，左手揪住右手衣袖，将健壮的手臂伸进通红的炉火中。就此抓住一大块炭火，再次立于弁兆面前。

“噇酒糟汉大啖佛法，何哉？”

云游僧朝他逼近，将火红的炭火抵向弁兆鼻端。弁兆就此没勇气再出声呵斥，他吓得血色尽失，向后倒退。

“这掠虚头汉②！”

云游僧一跃向前，准备将炭火塞进弁兆口中。弁兆迅如飞鸟地转身，落荒而逃。就此逃逸无踪，再也不知其下落。

---

① 噇酒糟汉，佛教术语，指只懂念经（吃酒糟），不懂佛法真谛（喝酒）的人。

② 掠虚头汉，佛教术语，指慢心躁急、似是而非之禅者。掠虚，指仅模仿他人言语的表面行为。

云游僧成了住持，人称“吞火和尚”，亦即狸猫团九郎。他憎恨懈怠，一心祈求能见性成佛，终日沉浸于坐禅，有时整晚都在雕刻佛像，尝尽了寂静的孤独。

村里有位名叫久次的蠢汉，觉得这位道行尚浅的僧人终日坐禅实在滑稽，在某个举办聚会讲经说法的傍晚悄悄潜入僧房，在和尚的食物里撒上磨刀粉。因为据说一旦吃了磨刀粉，就会猛放屁，想停也停不下来。

于是，吞火和尚一开口，就忍不住想放屁，狼狈之至。朝丹田使劲想要止住，却只是造就出更大的响屁，可是一旦松开丹田紧缩的力量，又会心神涣散，方寸大乱。

“那就先来诵经吧。”

吞火和尚强忍腹痛，缓缓站起身，端坐于木鱼前。他打算趁众善男信女一同诵经时，再暗中宣泄一番。于是他先试着微微排个小风，结果完全出乎意料，根本就是大排风，奔流不止，挡都挡不住。风笛声在天花板形成回音，众人皆感诧异，就此停止诵经时，他发出的各种凹凸不一的风声，呈现出大小不同、高低起伏的精妙乐音。臭气盈满堂内，人们忍不住以袖掩鼻，一察觉有人站起身，大家便争先恐后地逃离佛堂。

释迦牟尼当初成道时也曾降服心魔，正法必会伴随阻碍。之所以为了抑制放屁而吃尽苦头，也是因为尚未勘透佛法。因放屁外泄，而狼狈不堪，方寸大乱，也是因为尚未参透佛法真谛，得大自在，达妙觉之地。换言之，若能了悟一切，得大解脱，则拈花与放屁肯定完全相同。团九郎在宁静的夜里独自端坐，作如是观。

尽管如此，他还是感叹俗人难以度化，就此在离村庄四公里远的深山里盖了一座草庵，遗世而居，投入禅定的修行中。

转眼秋去冬来，一群乡下卖艺人路过这处草庵。

雪国的农夫们每到冬天，在故乡无处谋生，只得出外到他乡工作，直到雪融为止，这是自古沿袭下来的习俗。视各个村落不同，有的到滩或伊丹等地当酿酒工，有的到江户当仆役，各种工作都有，不过，当中有些村落专做越后狮子①的表演，有些则是在各个农村巡回，进行神乐、狂言、戏剧等表演的传承。他们原本的正职是农人，而这项副业大多也是世袭而来，如今在这一带，有些村落每到冬天还是会四处巡回演出戏剧。在深逾一丈的雪地上架设舞台，而观众们也同样在雪地上铺设草席，打开自己带来的多层餐盒，喝酒看戏。入场没特别限定金额，所以很少有人会付钱，一般都是以白米、味噌、蔬菜、酒等充当门票费，带着一家老小聚在台前欣赏。演出者似乎以

① 越后狮子，发祥于新潟的乡土艺能，一种以角兵卫狮子作为题材的地方乐曲和舞蹈。

演出为乐，虽说是在寒气袭人的雪地上，但现场却是一副春风和畅之貌，在表演的空当，舞台上下人们不时会谈到“三年前，演勘平①的那位俊俏小生怎么啦？年轻姑娘都很迷他呢，不知道现在过得可好”，“听说那小子娶了老婆，今年暂停演出”。看起来像团长的老爷爷，虽然一副贫农模样，一身精壮体格，但他扮起旦角来，身段柔美哀切，令人看得泪湿衣袖，尽管他已岁数颇大，依旧宝刀未老。

正巧这剧团成员中有人染病。所幸路过这处草庵，他们请求在此留宿，便将病患扛进草庵，但一两天过去，病情仍不见好转。由于还得赶路，剧团只好先行离去，留下一人照料病患。

病患从傍晚开始发烧，夜里还做噩梦，不断梦呓，屡屡讨水喝；直到黎明时分，才得以熟睡。在一旁照料的男子恳请和尚为病患祈祷，因为他想起当初村里的某人同样受高烧所苦时，在接受过真言宗的僧人祈祷，将写有“唵摩耶底连”的符咒化入水中后，隔天便退烧康复之事。

“贫僧并非拥有此等法力的活菩萨。”和尚回答道，“如你所见，贫僧只是个逃离俗世，一心追求得道解脱，资质驽钝的

① 勘平，日本歌舞伎剧目《忠臣藏》里的人物，全名早野勘平。

修道之人。虽想参透生死，达到即心即佛，非心非佛之境界，但妄想难以根除，所参透之事极为浅薄，充其量只算是个尿床的小鬼，从没想过要替人加持祈祷。”和尚完全没有接受其请托的意愿。

病患日渐衰弱，连生活起居都有困难，频频思念家乡，怀念故人；他的声音也日渐虚弱无力，令陪同照料的友人为之长吁短叹。于是友人一再恳求和尚为病患祈祷。

“一切皆是命数，须空观一切，若心有杂念，则无法成佛。”

和尚的回答仍是十分简短，如同身旁没有濒死之人一般，终日依旧专注于禅定。他那打坐的身影，就像拥有自己的山寨，施展妖术的蛤蟆一样，看起来威仪十足，却拒人于千里之外。

由于病患的病情每况愈下，陪同的男子也无计可施，于是只要一有空，便抓着专心于坐禅的和尚的膝盖用力摇晃，恳请他施展法力。男子摇晃和尚膝盖时，感觉就像眼前矗立着一棵树根粗大的松树，他抓着树瘤在摇晃，可松树纹风不动，令人感到绝望。

“有生者必有死灭。切勿兴执着心，乱往生之素怀。”

和尚就像对俗人的执念感到厌恶一般，有时会面露不悦之色如此说道。尽管男子一再抱着他的膝盖摇晃，他也未曾睁眼。

然而，和尚脸上的气色就像在和病患比谁恶化的速度快似的，光泽日渐流逝，他健壮的身躯，感觉也飘散出一股衰弱之气。

待春天到来，剧团成员再次回到草庵时，病患正处于弥留之际。人们坐在这位不幸的病患枕边，为他悲叹感伤。不过，即将消逝的生命，并不会因人们的感伤而挽回。

他们在草庵后山的山腰处找到一处可以眺望远方的平地，含泪葬下病患的尸骸。虽然和尚照规矩为死者回向、超度其前往西方极乐，但他的气色却愈来愈糟，不仅面色如土，还微带浮肿，眉宇间更是难掩愁色，全身透着虚弱之色，仿佛连行走的力气都没有，模样很不寻常。

团长为一行人在此长期逗留，打扰和尚清净一事道歉，并感谢他为死者回向的辛劳，和尚应道：

“种善根、回向①，乃比丘之职责，更何况贫僧乃遗世而立之沙门，施主不必言谢。不过，既然蒙您此言，贫僧也就说出心中所愿吧，望您能怜悯贫僧的求悟之心，体恤此难以斩断

① 回向，佛教的一种修行。指将自身所修的功德、智慧回转于法界众生同享。

尘劳的驽钝之心，早日让贫僧独居此地，以免俗世之风化为解脱得道之魔障。”

他连说这句话都显得软弱无力，气喘吁吁。

众人觉得扫兴，急忙整理死者遗物，就此告辞，而和尚似乎连等候都不耐烦，众人见他这般态度，皆颇感不悦。

一行人走了约六十米远后，后方突然响起奇声巨响。当众人听见那低沉的传遍全山地表的声响时，踩在地上的双脚已浮离地面七八寸高，尽管试着朝丹田使劲，仍旧无法踏向地面，一直到那声音自然消失后，这现象才消失。众人一惊，转头望向草庵的方向，只见和尚抓着屋柱，喘息不止，双肩颤动。

当再次听到那巨响时，和尚的僧袍宛如要朝天际飞去一般，下摆高高扬起，人们的双脚很自然地离地而起，再次浮向半空。

庵寺的放屁和尚——

山中的细雪也为之染黄——

即使仲春也开出枫红——

屁股朝向佛像会受报应，此话怪哉——

如果连佛像也变得金光闪闪——

岂不可喜可贺——

可喜可贺——

某日，有位村民造访草庵，想请和尚帮忙。还没开口叫唤，便已看到和尚专注于坐禅的身影。

“在下有事请托。”

访客望着和尚的背影，毕恭毕敬地问候。打坐的和尚一动也不动，更无开口回应。访客逐渐提高音量，以同样的话又叫唤了四五次，但就像对着木雕说话般，没半点回应的动静。

村民无事可做，环视四周，这才发现屋顶斜倾，到处坑坑洞洞，甚至还开了一个可以望见天空的大洞。照这样子来看，下雨的日子这里就算撑伞，恐怕也顶不住，而榻榻米上也同样布满青苔。蛇找到这个好住处，四处爬行，而虫子也庆幸有这么一处空气浑浊之处，在此群聚繁衍，一点都不像是寻常人的住处。就连和尚也像是长出青苔般，他那健壮高大的身影，好像从谷底冒出的岩石，高高隆起的前额和两颊也因污垢而泛黑，像岩壁般散发出黝黑的纹理光泽。

这名访客朝外廊走去。

“大师。”

他往前探头，反复叫了三四次，但和尚似乎没听见。

他再也按捺不住，单膝跪向雨廊，变成要往内爬的姿势，伸长手臂，准备摇晃和尚的背。

“大师。”

这时，他突然翻了个跟斗，跌在黄土地面上。他左思右想，怎么也想不通刚才看到的景象是怎么回事。

当时和尚背对着他，但他自己在心中想象，和尚或许脸上会掠过一丝不悦的暗影。但就在那一瞬间，他目睹和尚的身影膨胀变大，占满了整个屋子。

访客早已忘了腰椎的疼痛，一路朝山麓逃窜而去。

某年，一名旅人在赶路时遇上天黑，发现这处破烂的草庵，就此走进，在此过了一夜。

草庵无人居住，墙壁倒塌，壁板脱落，夜风吹进屋内，直透人肌骨，地板的缝隙处杂草丛生，每次风起，便会随风摆荡。

夜阑时分，旅人突然醒来，怀疑是自己听错了，因为他听到附近有人叽叽喳喳的交谈声。听起来像是远处在放声大笑，也像是近处有许多人低声窃笑。旅人凑向声音传出的方向，伸手在墙壁的孔洞探寻，悄悄往内窥望。眼前出现的光景，令他不敢相信自己的眼睛。

那是一座高大的寺院，分不清是从何处射进的光线，也无法透过眼前的微光而得知它的深度和高度。有无数名小沙弥跪地，万头攒动，占满了这座高大的寺院。一人拉着别人的衣袖，一人双手掩着嘴，一人敲打着自己的头，还有一人按着侧腹，他们呈现出千姿百态，或骂或笑，或窃窃私语。

不久，在寺院的最深处，一名小沙弥站起身。他的左右手各握着小树枝，摆出用双肩扛着树枝的姿势，张开双臂，引吭高歌。

不见花儿——

他一边唱歌，一边往后高高地翘起屁股，模样逗趣，同时像要飞起来似的轻灵舞动着。

哎呀，真羞人。真羞人。

小沙弥逗趣地唱着小曲，将手中的小树枝高举过顶，利落地展现舞姿。一曲跳罢，他再度翘起屁股，往地上一蹬，就此放了个响屁。

不见花儿——
哎呀，真羞人，真羞人。

小沙弥唱歌、跳舞、放屁，看起来无比欢悦。每次只要一重复同样的歌曲和舞蹈，他就会愈带劲，连放屁声也充满了活力。

每次放屁，满屋子里的小沙弥就一阵哄闹。有人拍手，有人捏鼻子，有人捂耳朵，也有人马上捏住旁边人的鼻子，一把提了起来。有人开骂，有人吼叫，有人倒立，有人从旁人的胯下钻过，有人仰身躺下，抬起双脚在空手挥舞。

虽说此景无比怪异，但那滑稽的模样着实令人忍俊不禁，旅人忘了自己是在偷窥，不自觉地笑出声来。

顿时，哄闹声与亮光一同消失，现场只剩一片漆黑。当旅人发现只有自己的笑声诡异地在耳畔响起时，有人紧紧地抱住了他，他差点就被压制在地。他使出全身的力量甩开对方，急着想要逃走，但那个紧抱他不放的人，拥有一身怪力，力气比他大出一倍。就在耗尽力气，无力抵抗时，旅人才明白，有一双毛茸茸的脚跨坐在他肩上，大腿鼓足了劲，紧紧勒住了他的脖子。

待他回过神来，这才发现自己躺在草庵外，满身露水，沐浴在晨光之下。

村民们聚集在一起，将草庵拆毁后，从佛坛所在的木板底下，发现了一具巨大的兽骨。其一只脚掌的白骨上，写着朱红的“花”字，直渗进骨中。

村民们出于怜悯，为它立了一个土冢，在周围种植下许多樱花树。从此，人们都称此地为“花冢”，每当冬去春来，樱花盛开时，只有土冢四周的群山会引来狂风，夜里风声悲苦地呼号。仅仅一夜，樱花谢尽。

如今，据说连村里的耆老，也不知道这座花冢位于何处。

紫大纳言

昔日在花山天皇时代，有位人称紫大纳言的男子。此人身形痴肥，就像赘肉恰巧汇聚成人形一般。虽已年过五旬，但他远近驰名的好色性情依旧不减分毫，每晚都四处与女人幽会。东方发白之时，在他归家的路上，有时女子可能仍在回味那一夜春宵后的余韵，久不入睡，径自站在外廊上望着晨景出神，这幕若是让他瞧见了，他便会悄悄来到竹篱底下偷窥，这已成为他的习惯。如果对方起疑，发声询问“是谁”，他便模仿鸡或老鼠的叫声，这也是他多年来的习惯，不过，有时他也会说一句“昨晚令你回味无穷对吧”，实在很不风雅，不像是一名寻芳客应有的举动，不过他乐在其中。而躲在竹篱边的草丛里，腰部以下为露水沾湿，他也丝毫不以为意。

当时，左京大夫①致忠的四子，名叫藤原保辅，此人个性蛮横。他拉拢自己的外甥右兵卫②齐明，结交了一帮狐群狗党，就此成为盗贼的头目。以伊势国的铃鹿山和近江国的高岛为根据地，横行诸国，甚至涌入京都，见人就杀，掳夺美女，纵火烧屋，劫掠财宝。此人亦即现今恶名昭彰的“袴垂保辅”。

袴垂的党羽不但武力强大，连前来讨伐的军队都被他们打得落荒而逃，其无法无天的行径更是极尽残忍之能事，无半点风雅可言。由于他们向来都分头横行，一个晚上在京都东西两边引发火灾，又在南北的路上，不分贫富贵贱、男女老幼，见人就杀。人们视其恶行为魔风吹袭，闻风丧胆，每到日暮时分，京都大路上便不见通行的人影，只见众多蝙蝠在黄昏中来回交错地飞行。

平安京善感的少年郎，虽然除了恋情外，无其他事可挂怀，但前往与佳人幽会的夜路危险重重，纵使再怎么自认风

① 日本古时管理京都东半部区域的行政长官。

② 日本古时负责京都治安的右兵卫府的三等官。

雅，追求虚荣，也无法与之相比。

往昔在花都巴黎，听说也有过这么一段佳话[①]。那是十七世纪的事，与这个故事相较，年代算不上多久远。当时有位才色兼具、风靡一代的佳人，名叫斯库德里。国王打趣她："就算是讲求风雅的情人们，在近日的动荡时局下，恐怕也不敢前去会佳人吧。"结果斯库德里以两行诗回应，意思是"害怕盗贼的情人，何来当情人的资格"，此事在当时成为佳话。

紫大纳言这个人，见二寸长的蜈蚣也会吓得向后跃飞，但对于从未见过的鬼魂，则是毫不畏惧，所以对于尚未遇见过的盗贼，倒也没怎么害怕。因此，在善感的少年郎们情非得已，未能恪尽情人职责的这段时间，只有他对夜路的冷清不感半点惊讶，走在路上时脑中只想象着要如何度过春宵，除此之外，一概不为其他杂念所烦忧。

某个夏夜，当他走在从深草通往醍醐的谷间小径时，突然一阵雷鸣，四面的群山在一道闪电的亮光照耀下，像白昼般明亮地现形，复又消失，但在电光一闪之际，他看到小径旁的草丛里，有个东西就像在呼应这道闪电般，发出异样的光芒。大

---

① 德国作家霍夫曼（1776—1822）的小说《斯库德里小姐》（*Das Fräulein von Scuderi*），讲述斯库德里小姐被卷入抢劫杀人案中，并最后发现真相的故事。

纳言俯身拾起。是一支笛子。

刚好这时降下倾盆大雨，宛如要将大地整个冲走一般，于是大纳言只能跑到一株松树下躲雨，静候雨停。

雨停了。谷间小径以及四方的群山，在皓月下清楚浮现身形。而就在大纳言的前方，一名女子身穿绫罗素衣，背对明月，静静伫立。

“那是我的笛子，请还给我。”

女子声若银铃，带有一股凛然之气，充满命令般的冷冽。

“我并非俗世之人，乃服侍月之国公主的侍女，因一时不慎，遗落公主钟爱的笛子，若不完好奉还，便不得重回天界居住。请您体谅，归还此笛。”

“哎呀呀，这可真是巧遇。”大纳言吃惊地应道，“有位老翁是我祖父的家臣，说他捡到月兔捣的麻糍，吃了之后，接连三天都能在夜间视物，这故事我听过，不过真是做梦也想不到，我竟然有缘拾获月之国公主钟爱的笛子。原来如此，如果这是您的笛子，照理来说我断无不双手奉上之理。不过，只要这不是一场梦，依我等凡人之习惯，绝不会让此等罕遇奇缘就此消逝于顷刻间。且让我俩好好聊聊彼此不同的世界吧。正巧我有位侍从，就住在离此不远的一个名为山科的村落，虽然住处寒碜了点，但想必在您短暂停留的这段时间，不会让您感到有所不便。”

这位仙女为之一惊，明显流露出恐惧之色。

“我得赶紧办妥此事才行。”她很认真地说道，“公主正苦苦等候呢。”

“不过就区区三五天嘛。”大纳言见仙女面露悲戚之色，心中大喜，傲慢的笑意深深刻印在他鼻子周边的皱纹上，“不是有个故事提到浦岛太郎在公主的龙宫里住了三天，相当于人世的三百年吗？那就更别说是月之国了，人世的三千年，恐怕都抵不上月之国的三天。别说五天了，就算您停留十天、一个月，那也只是月之国公主打个小喷嚏所花的时间而已。虽说人世间存有猜疑，与月之世界相比，这俗世不过是个粗俗污秽之所，不过俗世也有其风情和乐趣，人会因爱情的迷惘而困惑，也会向自己的心上人撒娇任性。据我所知，天界就只有像您这样的少女，没有男人，哎呀呀，这实在不像话。您瞧，高挂在山巅的月之国洒落的月光，在我们人世间会化为联系男女情思的丝线，也能将情爱的眼泪化为珍珠。我并不是在说什么礼尚往来的道理。五天后，我定会双手将此笛奉上，不过在那之前，请您也感受一下人世之风，见识凡人如蜉蝣般虚幻的营生，充作日后的笑料吧。”

仙女眼泛泪光：“你不想要能飞天的羽衣吗？”她朗声叫

道，“那可是能飞翔于天际的羽衣哦。只要你肯还我笛子，等下一次月夜到来，我一定会送你当谢礼。仙女从不说谎。”

“我听说过穿隐身蓑衣的大纳言，但会飞天的大纳言倒是难得一见呢。”大纳言嬉皮笑脸地应道，“身形窈窕的您不会明白，像猪一样肥胖的我，就算在空中飞翔，想必也是不堪入目。我能像这样在京都四处溜达，就已经心满意足了。如果我连唐国、天竺的女人也感兴趣的话，恐怕连睡觉的时间都不够。好了，俗话说入乡随俗，在我们这个国家，年轻姑娘一见到男人，就得笑脸相迎的。”

大纳言的感官开始进入陶醉的境界。他摇摇晃晃地走近仙女，一只手牵起仙女的手，另一只手就要伸指轻弹仙女的脸颊。

仙女向后跳开，柳眉倒竖，以凛然之姿傲立。

“事后你将会后悔莫及。你不怕公主的惩罚吗？”她瞪视着大纳言，指着他说道，“你将会遭受月之国的报复。”

“哈哈哈哈。以仙女大军前来攻打吗？哎呀，那我就抱着雀跃之心应战吧。我举家上下想必会奋勇相抗。如果气力耗尽，就此落败，也绝不后悔。要是走到那一步，这笛子可就无法奉还了。”

仙女听他这么一说，原本紧绷的力气就此泄去，开始嘤嘤啜泣。

大纳言见状大乐，他那难看松弛的脸露出狞笑，吞着口水。

他拉起仙女的衣服下摆，假装要帮她拂去泥巴，其实是在享受她身上奇妙的香气。

“你不必担心。我又不会把你吃了。”

大纳言含着食指，不怀好意地戳向仙女的脚。仙女一面哭，一面本能地后退，全身怯缩颤抖，大纳言欣赏她这份姿态，很享受这种酥麻的感觉。

“总之，在这种山林里无法敞开心扉交谈。你第一次降临凡间，心里的不安不难想见，不过依照这俗世的惯习，有位名叫‘遗忘’的妖魔使者，一夜便能拭去你的泪水。如果你愿意的话，我替你打造一座与月之国公主的宫殿相比毫不逊色的宅邸吧。哎呀，不知不觉间，月亮都已升上中天。差不多了，就和我一起到我说的那户人家去吧。”

大纳言抓着仙女的上臂，扶她起身。

仙女不住悲叹，但终究还是拗不过态度坚决的大纳言。她只能顺从大纳言之言，前往他的侍从家中。

在灯火的照亮下，当他第一次清楚看见天女的模样、容貌、体态时，那令人眼睛为之一亮的美艳，让大纳言为之销魂。纵使是有深仇大恨的敌人，见到这样的美人忧愁叹息，也不可能完全不为所动。

连沉香也远远不及的微妙香气，微微弥漫整个屋子，飘向夜空。

虽然动不动就会满心陶醉地想入非非，但他发现有一股冰冷的战栗打断他的念头，大纳言就此怀疑起自己的内心。他从未有过这样的心境，那就像一刀刺进胸口的疼痛一般，是既冰冷又渺小的恐惧。

大纳言与自己的内心展开交战。

他吩咐侍从找一件罩衫来为仙女披上，不过当时他脑子里想的其实是要在罩衫底下牢牢搂住仙女，好好享受她那晶莹肉体所带来的感官刺激。不，他真正的盘算是假装要替她披上罩衫，然后连她身上的绫罗素衣也一并脱了。

但大纳言的双脚却无比沉重，无法往前迈步，连要替她披上罩衫的手也伸不出去。罩衫就这么笨拙地落向仙女的肩上。它往下滑落，露出红色的内里，带有一丝悲切。身穿绫罗素衣的仙女，就此空虚地露出双肩，冰冷中透着晶莹，美艳绝伦。

“山中的夜晚特别冷。”

大纳言呆立原地，对着那冰冷、不会动的仙女说道。那声音听起来无比空虚、颓废，完全不像是他自己的声音。

大纳言受到这悲戚的驱策，因苦闷而感受到全身几欲被撕裂的痛楚。

“五天！只要五天就好！”

大纳言就像在拧扭自己的肚肠般脱口说道。

“我绝不会再多挽留你一天，而且也绝不会碰你一根汗毛。晚上我不会在这屋子过夜，甚至不会有任何非分之想。你遗失笛子，是你不对！我命中注定捡起它，这份因缘也是无可奈何的事。就留这五天！这也是无可奈何！在你醒来时，我的侍从们会带着人世间的珍馐佳肴前来，以讨你欢心。他们全是你忠实的仆人，对你不会有任何违抗。而我除了承诺五天后会归还笛子外，也不会违抗你的命令。等到入夜后，你内心平静时，我再前来。能一睹你的笑颜，听到你那宛如和月之国的朋友、父母、姐妹谈天般敞开胸怀的柔美嗓音，我便心满意足了。请别让我悲叹。你的眼泪会令我肝肠纠结。就只是区区五天。这样的缘分，已是无法改变了。”

大纳言空虚地呐喊着，想要抓紧眼前的虚空，无比悲切。

大纳言安排让悲伤的仙女在围屏后歇息，自己则来到外廊。他仰望宁静的月光，这才深切明白，原来这世上存在着悲伤。

只是这样仰望月光，为何会有一种难以言喻的悲伤之情呢？仙女身上清圣的香气，旋即化为月光的香气，刺穿他体内。他想，如果有泪水流下，可能会落地化为珠玉吧。对于动不动就想入非非的自己，他有一股不可思议的悲伤感，在很想趴着大哭的悲切驱使下，他从大道上飞奔而去。

不久，当大纳言跑得气喘吁吁，痛苦得像要爆裂开来时，他想起仙女的肉体。那令人酥麻的非分之想，再次深深掳获了他。他的情欲被点燃，全身化为疯狂的烈焰。他往前奔去，在如梦似幻的状态下穿过森林，翻越山谷。抵达京都的住处后，就此瘫软地俯卧在地上。

隔天，大纳言因心中的千头万绪而郁郁寡欢，苦闷难抒。黎明并非是为了让他心灵平静而到来，而是为他带来恋情、不安、索求，以及野兽般的热血激昂。

大纳言为了这笛子，终日茫然无措，受尽煎熬。

若能让这笛子从这世上消失，她或许就会打消返回月之国的念头了……

他想过将笛子敲个粉碎，再加以烧毁丢弃。他想过要抛进贺茂川的急流处，让它就此冲向大海；也想过要挖个地洞掩埋，但迟迟拿不定主意。

正是因为认为五天后笛子会归还，她才肯暂留人间。一旦确定笛子遗失，难保她不会就此返回天界。对于这点，大纳言也已料到。

为了留她在人间，我得时时拥有这支笛子才行。而且，为了得到她那肌肤胜雪的胴体……这也是他心中的另一个盘算。

那肌肤胜雪的胴体，已是现在大纳言的一切。不论是要刻意做出何等残酷的行径，他也非得将那胴体据为己有不可。

上苍、神明、皓月，还有恶鬼，尽管看我这可怕的狂悖之人吧。不管会有何种报应，我都甘愿承受。即便在得到她的胴体后，会瞬间被勾魂夺魄，我也无畏无惧，更不会后悔。如果这是拼了命追求的恋情，即便它罪该万死，可有人会为我投以一滴眼泪、一滴草叶露珠，以及宛如栖息草丛间的虫蚁般微不足道的怜悯呢？

黄昏时分，大纳言带着笛子走出家门。

他来到大路上，第一次振奋心情，显得处之泰然。他满脑子想着一夜温存的心性又回来了，想着那晶莹透亮的圆润身体；想着那柔软的酥胸、令人赞叹的美貌；想着那修长的手臂和双足；想着那祈愿的双眸、害怕紧缩的肉体、柔顺的秀发，以及簌簌发抖的葱指。四方的群山、森林、暗夜，自己行走的双脚，全都被他抛至脑后。

日落西山，月出山头。虽然在照向山头的月光下，他完全无处藏身，不过此时他精力充沛，怯懦的内心为之振奋。他感觉自己天不怕地不怕，就算让月亮看见笛子，也不足为惧。他走近昨天捡到笛子的地点。

这时，他感觉到有个气息打破了山谷的寂静。有人从树下蹿出，来到月光下，阻挡了他的去路。先是四五人，接着又冒出一人。来者亮出大刀，已将他团团围住。

大纳言没发现，自己早已吓得当场瘫坐在地；笛子不由自主地脱手落地。他眼神空洞地望着这群“月亮的使者”，吓得发不出声音。但当他得知来者是袴垂的党羽时，因为松了口气的缘故，整个人都松懈了下来。

他马上捡起掉在地上的笛子，直直地递向强盗面前。

“这个给你们!”

这句话从他喉中涌出后，他紧接着以激动的声音喊道：

“这是用生命也换不来的秘宝，既然被你们团团围住，这也是无可奈何。你们就夺走它，充当你们今晚的第一个收获吧。”

强盗随手将笛子从大纳言手中抢了过来，接着反手用笛子打向大纳言那松弛的脸颊。大纳言这才明白眼前的情况，大为慌乱：“佩刀也给你们。想要的东西，全部都给你们。”

“衣服也交出来!”

之后，大纳言就这样穿着一件汗衫，跑在月光下的小径上。

他仰望没有月晕的明月，满腔想要倾诉的悲切几欲从他胸膛爆开，满溢而出：刚才的情况，您也瞧见了。跑出一群无法无天的盗贼，抢走了笛子。无力的我，又能有何作为呢？您看看，我连佩刀也被抢走了；连衣服也被夺走，只剩下一件汗衫和这条命。这实在是无可奈何啊。神明啊！我的苦闷悲伤，请您明鉴。两行热泪从他脸颊滑落，就像反而因此得到让仙女安慰他的权利一般，他那出于童心的悲叹益发强烈。

抵达位于山科的屋子后，他大叫道：

“来自你故乡的皎洁月光，应该全都看得清清楚楚。我被人抢走了笛子。就在我捡到你笛子的那一带，跑出数名无法无天的歹徒，冷不防地抢走了笛子，然后连佩刀、衣服也一并抢走。能保住这条命，当真是不可思议。不，我一点都不贪生怕死。如果这样能弥补我的过错，就算要我当场自尽，我也在所不辞。你看得像性命般重要的笛子遭人夺走，面对这样的悲哀，眼泪竟然没化为鲜血，真教人焦急。今晚势必又会看到你悲叹伤心，这比我自己丢了性命还要难受。”

大纳言难过苦闷，伏地痛哭。

仙女昂然而立。她俯视着大纳言，愤怒因泪水而冻结。

“既然你说要以自尽来弥补，那为何不舍命来守护笛子呢？

这种不是发自内心的眼泪，真是愚蠢至极。”仙女抽抽噎噎地啜泣，“不，笛子不是被人抢走，是你自己丢弃的。亏你说得出如此卑劣的借口。请把笛子还我！现在！请你！立刻！还给我！那是公主最为珍爱的笛子啊！”

“多么令人难过的一番话啊。”大纳言哀怨地望着仙女，“见你悲叹，我可是比目睹天诛地灭还要难过啊。倘若真是我丢弃了笛子，那我无话可说。我确实曾有想要丢弃的念头，我曾经想要是没了这支笛子，你就能留在人间，那我要毁了笛子，加以烧毁。我也想过要丢向贺茂川的急流里，想埋进深达千尺的坑洞里。这一整天我都在想这些事，但我办不到。因为见你难过叹息，比看人在地狱受苦还要难受。我的泪水真实无伪，上苍可鉴。倘若能以我的性命换回笛子，就请马上取走我的性命，让我当场化为笛子吧。”

大纳言闭上双眼，昂然而立，等候天打雷劈的惩罚，泪水扑簌簌而下。他的耳边传来草丛中虫子的鸣唱，鼻中嗅闻凉爽的仲夏夜风的气味。那人世间熟悉的脚步声，掺杂在风里，走进他胸中。

“既然事已至此，笛子再也不可能回来了，我的懊悔也无法化为笛子，送你回月之国，那就请你忍住悲伤，就此死心吧。你的悲叹不仅是对我的折磨，还会让世上的一切化为黑暗。以我们凡人的习惯来看，死心会让人们的泪水风干，遗忘总有一天会到来，这多愁的人世将会再度花好月圆。如果这俗世令人伤感的风俗，正巧也是你故乡的风俗，那就请你忍受那痛苦难忍的悲叹，留在人世吧。就让我在人世间弥补你。请叫唤遗忘之川、死心之野，让泪水干涸吧。为了可以不再看到你悲伤的面容和泪水，就算要化为一双鞋，让你踩在脚下，或是化为花朵，当你的发饰，我也甘之如饴。”

仙女静静落泪。

大纳言的情欲就此点燃。他不禁感到心慌，以祈祷的眼神找寻天空。可眼前不见天空，也不见明月；眼前只有这户破旧人家幽暗、脏污的天花板。微弱的灯火摇曳，他祈祷的眼神投向一片漆黑。四周一时离他远去，这片旷野中，心已不在。血在流淌。大纳言扑向仙女，紧紧地搂着她。

大纳言徘徊在夜路上。

那场心中记忆模糊，犹如梦中的鱼水之欢，感觉是如此遥远，虚幻而不实。它化为悲伤之河，在他周身环绕流淌。

明月已绕过中天，向西山之巅倾沉。

无限的爱意和懊悔，是现在的一切。他再次因怒火而内心狂乱，为了承受一切的责罚，他甚至想过要朝岩石一头撞死。

“上苍啊，明月啊。您不想收拾我这悖乱之人的性命吗?”

他朝天空呐喊。

“我并不畏惧。不管是任何报应，我都顺从您的决定，甘之如饴，尽管将我大卸八块吧。即便是受业火焚遍全身而死，我也没意见。不过，我只有一个心愿。我不得不取回笛子。不，是一定会取回笛子，交到那个人手上！没达成这个使命，便绝不能死！雷神啊，请您怜悯我！我并非贪生怕死，在我送回笛子前，请您再多给我一点时间。”

他叮嘱自己，不论用尽何种手段，或是承受何等艰辛，都一定要取回笛子。他很自然地来到之前被夺走笛子的地点。

然而，这处山谷间的小径，早已不见盗贼的踪影。

大纳言不知如何是好，但眼下已不容他再迷惘。只要往山中而行，或许很快便能遇见盗贼。于是他拨开荒草，折断树枝，一味地往前走去。

他已不清楚自己走到了何处，就此在山中迷失方向。前方不时有东西穿过竹林逃离，头顶上方的知了受惊飞离，却不知往哪儿飞，传来它撞向枝丫的声响。这时，在遥远的前方，有一阵咒骂叫嚣声顺着风传来，听起来有点耳熟。他就此停步，竖耳细听，果然不是自己听错。他顺着声音蹑步走近，看到树后有一群人围在篝火旁，确实是那帮盗贼。

他们正在发酒疯。感觉这场酒宴即将结束，四周一片狼藉，有人叫骂，有人高歌，有人跳着舞。

盗贼和老鼠，
好似三轮神。
嗜食小田卷①，
期待夜晚来。

大纳言悄悄来到离他们最近的树下，抻长脖子窥望，寻找有无他们抢夺来的财物，但在黑暗中，距离又远，不可能看得清楚，终究还是没能找出笛子的所在，而且他也不知道是哪个盗贼抢走了他的笛子。

大纳言走向前，朗声唤道：

“有没有人记得我？刚才在山谷间的小径上，被山贼抢走笛子、佩刀、衣物的人，就是我。那些人肯定是你们的同伙。记得自己抢走我笛子的人，快报上名来。佩刀和衣服我不要了，我只要笛子。我会送上你们想要的东西作为交换。那支笛子对旁人来说，只是一支普通的笛子，但对我来说，就算要拿一切财宝来交换，也在所不惜。只要你们愿意，我明天可以派

① 小田卷，一种日式糕点，日语音同“苧环（麻丝缠成的中空圆球）”，《古事记》中记载有三轮山神与苧环的故事。

人送一牛车的金银财宝过来。”

当中一人走向前，一声不吭地便朝大纳言猛揍一拳，接着又有一人从后方扬脚踢向大纳言腰间。大纳言化为一团黑色的块体，就像要跳进地底般，凌空而起，跌落在篝火旁。

“送上你们想要的东西……这家伙说的话有点意思。”其中一人压制住大纳言，一面痛殴一面说道，“既然有一牛车的金银财宝，那就快送来我们这里吧。想要盗贼将得到手的东西归还，那你不妨也去叫地狱的阎王归还亡者的性命吧。先赏你一顿盗贼的大餐吃。”

他们纷纷拿起木柴，朝大纳言全身一阵毒打。大纳言衣服破裂，扬起的火粉落向他背后，但他已失去意识。

见大纳言已无法动弹，盗贼们这才觉得腻了，陆续随手抛开手中的木柴。这时，有个人一直到最后都没抛下手中的木柴，他将木柴前端点燃火，抵向大纳言那裸露的大腿。大纳言应该是拼了命想逃，无奈他所做出的反应，却只有颤动着身躯，像毛毛虫般蠕动。盗贼们见状，齐声大笑，朝大纳言一踢，让他滚向树丛下。对于这意外出现的酒兴娱乐，他们相当满意，盗贼们并不多话，将周遭的物品收拾干净后，便消失无踪。

半晌过后，大纳言醒来。这时篝火即将熄灭，只留下些许灰烬，四周正欲回归漆黑。

大纳言一时间不明白自己所在的地点及身处的状况。不久，他才逐渐晓悟，但他并没有想要弄个明白的执着，也没力气去细究这样的想法。他视线模糊，听力封闭，四周弥漫着冰冷的黑暗。在那黑暗且空洞的远方尽头，他清楚地看见仙女的仪容体态，以及她的伤心悲切。当他知道自己的手能动时，他向四周找寻笛子的下落。朝自己手伸得到的地方摸索、抓取。但最后被绝望的悲哀所深深攫获。

他喉咙干渴犹如火烧。如果能挤出一滴水来，就算是地上的黄土，他也想挤出水来喝。他一味地往前爬，终于听到山谷河流的潺潺水声。

大纳言顺着山谷回音一路爬行。他横身倒下，复又爬行，然后再度倒下，视力终于慢慢恢复，但山谷的回音忽左忽右，飘忽不定。如果不是风在恶作剧，那或许只是他一时耳鸣。他对一切感到绝望。

大纳言抓着树根站起身，但他无力行走。他朝树根坐下，双手掩面。死不足悲。人生短暂，醉生梦死，不过就这么回事，他对此并不后悔。不过，只要笛子没交还到那人手上，他的悲伤将没有止境。他暗自默默地落泪。

这时，他突然觉得前方不远处有动静，大纳言移开手掌，抬起脸来，发现前方草丛里有一名童子盘腿而坐。确实是一名童子，但他一身不起眼的布衣，五官全皱在一起，那长相像极了大人，不，应该说像是个老头子。他的头发像河童般垂落，神色倨傲地盘起双臂，面露嘲讽的笑意，以冷然之姿望着大纳言。尽管两人目光交会，但童子依旧朝他脸上不住端详。

不晓此身何所从——

童子咧开大嘴，突然唱起歌来。令人吃惊的大嘴。可能是这个缘故，他的眼和鼻变得更小，全皱在一起。

大纳言为之一惊。这时，童子伸长他那猿猴般的手臂，以两根手指朝大纳言的鼻头轻轻捏了一把。

莫非身处情路中。

童子补上下面这句。然后双手一拍，拍打起自己脸颊，指着大纳言，咧开大嘴哈哈大笑。

不晓此身何所从，莫非身处情路中。

童子再次捏向大纳言的鼻子。速度飞快，无从预料，更来不及闪躲。正感到惊讶时，童子又拍着手唱起歌来。

那是一张脏兮兮的脸，如同猴子的五官皱成一团的脸。而且布满皱纹，动作低俗至极，令人不忍直视。

正当大纳言目睹童子站起了身时，童子嘴角扬起，他的眼、鼻、大嘴，都皱巴巴地缩成了一团。但紧接着下个瞬间，童子的身体猛然缩小，整个人突然被吸入地底，瞬间消失无踪，连一阵烟也没留下。在他身后的一大片草丛之上，留下一朵不是这季节该有的巨大草菇。

大纳言愣住了，怀疑是自己眼花。他不由自主地爬向前，想触摸那朵草菇。

四方突然哄然响起笑声。

大纳言惊讶地抬起头来，但没看到半个人影。笑声忽然朝他逼近，在树根处响起，接着又在他脚下的树丛里响起。不久，传遍了整座山，从他头顶的树枝以及耳边，响起嘿嘿嘿的笑声。

大纳言忘了周身的疼痛，突然站起身想逃。但他全身伤痕累累，尽管因为这突如其来的恐惧弹跳而起，却无法行动自如。他被绊倒在地，重新站起，又再度被绊倒，然后勉强站起，就在如此一再反复的过程中，他再次失去意识，俯卧在冰冷的树根上。

当他第三次醒来时，群山已照耀在白光之下，映照出一片翠绿的盛夏景致。从树叶间穿透洒落的微弱阳光，也落在俯卧的大纳言身上。

大纳言再次受到如喉咙烧灼般的干渴之苦。他凭借山谷河流的水声，奋力地爬行。山崖下水声潺潺，大纳言想爬下山崖，却就此跌落，撞向岩石，侧腹受到重击，痛苦地呻吟。

他一手拉扯杂草，一手攀抓岩石，全神贯注地匍匐爬行。当他好不容易得以朝河水探头时，他脸上狂涌的殷红鲜血，滴滴答答地落向河中，就连大纳言看了也为之战栗。他目睹了映在河中的那张脸，看起来一点都不像人类，他张开那泛黑肿胀的鲜红大口。一时间，他的内心惊恐……消失了。

所有的一切全化为绝望。在他背后游走的悲哀就此涌现。

“我现在就要死在这儿。”大纳言呐喊，“就这样死去，可以吗？要我献上性命，我一点都不会舍不得。而留在这里的你，又将会如何呢！至少让我再见你一面吧！如果这一念能与你相通的话，请在水中现出你的容颜吧！”

大纳言望向水面。映在水面上的就只有他那张着鲜红大口的脸。每当河水流过时，他的鲜红大嘴就为之扭曲，拉长，鲜血随着河水流去。

我现在是这副落魄的模样。而你的悲伤却也没能因此减少一分一毫。你现在人在何处，过得可好？想必已从梦中醒来吧。尽管身处这肮脏的尘世，可有什么能在你睁眼之际，带给你些许温柔的慰藉呢？现在不是布谷鸟、杜鹃鸣唱的季节，至少朗朗艳阳能略微一解你漫漫长夜的悲叹。此外，一夜歇息也能稍稍缓和你心中的悲戚吧。唉，我到底该怎么做才好……

大纳言双手掬起溪水，把脸凑近，想一饮而尽。他的头率先滑进他掌中的清水中，接着身体也整个滑进，从中满溢而出的一掬清水，哗啦一声落入溪中，就此流走。

夜长姬与耳男

我的师傅是人称飞弹第一名匠的木匠，不过当富豪夜长前来请他雕刻东西时，他已年迈多病，行将就木。于是师傅推荐我替他出马。

“他今年二十，虽然还年轻，但从小在我跟前长大，尽管没有特别调教，不过我的技艺精髓他都已正确无误地掌握了。就算调教了五十年，不行的人还是一样不行。若与青笠和古釜两人相比，他或许算不上什么巧手，不过他会全身心地投入工作之中。在建造宫殿时，他曾在衔接和榫卯上做出连我都想不到的设计，而在雕刻佛像时，也将自己的灵魂深深投注其中，令人讶异竟是出自这样的年轻人之手。我并非因为有病在身，才不得已派他来顶替我，而是我很看好他，认为就算与青笠、古釜同场竞技，他也毫不逊色，望您能先明白这点。”

此等过誉之言，令在一旁的我听傻了眼，双目圆睁。过去我从没受过师傅的夸赞，不过话说回来，师傅也不曾夸过任何人，因此这突如其来的夸赞之语，令我大感错愕。毕竟连我都这么想，其他资深的弟子们之所以会四处跟人说师傅年迈昏聩、胡言乱语，也并不全然只是出于嫉妒。

富豪夜长的使者窦麻吕也认为这些师兄弟说的不无道理。于是暗中将我唤至另一个房间问道：“你师傅大概是年老昏聩才说出那样的话，但你该不会不懂得审时度势，就这样答应我家老爷的邀约吧?”

经他这么一说，我怒火中烧。在这之前，我原本还怀疑师傅说的话，并对自己的技艺感到不安，但现在全抛至九霄云外，脸上涨满血气。

“夜长老爷真有那么尊贵，连我的技艺都不配为他雕刻吗?在下虽不才，但天底下敢说我佛像刻得不好的寺院，应该是找不到的。”

我气得什么也听不见，什么也瞧不着，放声咆哮的模样，宛如司晨的公鸡。窦麻吕面露苦笑："这可不同于你和师兄弟们一起盖一座土地神的小祠堂啊。要和你同场竞技的，是和你师傅合称飞弹三大名匠的青笠和古釜啊。"

"说什么青笠和古釜，就算是我师傅，我难道就怕了吗？只要我全神贯注地雕刻，我的灵魂就会栖宿在我打造的寺院和佛像之中。"

窦麻吕此时的神情，就像觉得我可怜而忍不住叹息般，但后来也不知道他为何改变想法，便以我代替师傅，带着我前往富豪的宅邸。

"你可真走运。你做的东西不可能会被看上，却能住在日本所有男人都无缘一睹芳容，只能在心中暗恋的夜长小姐身旁，真是三生有幸啊。你干脆将工作时间拉长，想办法在夜长家待久一点吧。反正你也无法胜任这工作，大可不必白费心思。"

一路上窦麻吕总是这样说，令我感到很恼怒。

"既然我无法胜任，那你大可不必带我去。"

"因为我高兴，算你这小子走运。"

在旅途中，我多次想和窦麻吕道别，掉头走人。但可以跟青笠和古釜同场竞技的名誉诱惑着我，要是让人以为我是害怕他们才逃走，那我肯定会抱憾终生。于是，我说服自己："只要全神贯注地将我的灵魂投注在工作中，这样就够了。就算那些没眼光的家伙看不上，那又如何。大不了把我雕刻的佛像安置在路边的小祠堂里，我自己则是在底下挖个洞，埋进土里，就此活埋算了！”

我确实已抱定悲痛的觉悟，不打算活着回去。换言之，这可能是出自内心对青笠和古釜的惧怕。坦白说，我没有自信。

抵达夜长家的隔天，窦麻吕带领我到宅内的庭园向大老爷问安。这位大老爷长得很富态，两颊松弛，模样像极了福神。

夜长家的大小姐站在一旁。据说她是大老爷头上长出白发时才好不容易生下的独生女，大老爷花了上百个晚上，每晚将手中捧起的两把黄金榨取出露水，好不容易汇聚成一盆水，供大小姐出生时浸泡净身之用。由于这凝结在黄金表面的露水渗入全身，大小姐天生就肌肤胜雪，甚至散发着一股黄金的香气。

我心想，我得心无杂念地紧盯着这位大小姐才行。因为师傅常这样吩咐我：

“遇上罕见的人或物时，别移开目光。我的师傅曾这样说。而我师傅的师傅也这样说，从我师傅的师傅的祖师爷那一代起，就一直这样代代吩咐下去。就算被大蛇咬住了脚，也别移开目光。”

所以我注视着夜长大小姐。可能是因为我胆小，如果不先下定决心就无法盯着别人的脸瞧。但这次我压抑心中的胆怯，紧盯着她瞧，渐渐地，心情转为平静，从中感觉到满足，这时我仿佛明白师傅的训示中隐含的重要意义：不是像要压在对方身上，盯倒对方认输为止，而是得让那个人或物变得像清水一样，能加以看穿、看透。

我定睛凝视夜长大小姐。她只有十三岁的年纪，虽然身材高挑，但浑身弥漫着一股孩子般的香气；虽有威严，却不可怕。我反而感觉自己紧绷的身体就此放松，但这样或许就算我输了。我原本应是紧盯着她，但大小姐身后那片高耸广阔的乘鞍山，却深深植入了我的记忆中。

窦麻吕引我进见大老爷。

“这位是耳男。虽然年纪尚轻，但已习得师傅的技艺精髓，甚至自创独门工法，青出于蓝，师傅对他赞誉有加，说他就算和青笠、古釜竞技，也不见得会落败，是位出色的工匠。”

没想到他对我这般褒扬。大老爷听闻后点了点头。

“原来如此，好一对大耳啊。”

他紧盯着我的耳朵瞧，接着又道：“一般大耳都会往下垂，可是这耳朵却是往上竖，比头还高。就像兔耳一样。不过这面相，就跟马一样。”

我听得气血直冲脑门。再也没比别人评论我的耳朵更令我气愤的事了，我气得失去了理智。不管再大的勇气和决心，都抵挡不了内心的纷乱。全身血液都冲向上半身，我汗如雨下。虽然我向来都如此，但都比不上这天流得多。我的额头、耳旁、脖颈，一时间像瀑布般汗流不止。

大老爷望着我，感到很不可思议。这时大小姐叫道：

“真的和马一样呢。那张黑脸涨红，和马的颜色一模一样。”

侍女们皆笑出声来。我宛如成了装有热水的锅子，看得到满溢而出的水蒸气，我的脸庞、脖颈、胸口、后背……全身的皮肤都化为汗水汇聚成的深河。

但我觉得，我得紧盯着大小姐的脸才行，不能移开目光。我心无杂念地想着此事，为了办到这点，铆足全力。然而，我的努力与不断满溢而出的纷乱，根本就是齐头并行，我不知如何自处，只能呆立原地。过了许久，这段不知如何是好的时间终于过去。我猛然转头迈步飞奔。虽然我觉得，应该可以采取其他更适合的行动，或是说出比较冷静的话语，但最后却做出我最不想要做，而且完全意想不到的举动。

我一路跑到我的房门前，接着跑到宅邸的大门外，改用走的，然后又跑了起来。总之，我坐立难安。我沿着河流走进山中的杂树林里，在瀑布下的岩石上坐了好长一段时间。到了午后，感到肚中饥肠辘辘。但一直到太阳西下为止，我始终都提不起劲返回夜长家的宅邸。

★

青笠比我晚五六天才到，而又过了五六天，古釜的儿子小釜才代替他父亲前来。青笠见状，忍不住笑道："本以为只有马耳的师傅这么做，没想到竟然连古釜也来这招。他们明白自己赢不过我青笠，颇有先见之明，只不过，你们两位前来顶替的晚辈处境堪怜啊！"

自从大小姐把我当马看之后，大家就都管叫我"马耳"。

青笠的高傲令人厌恶，但我默不作声。因为我心里已拿定主意，下定决心，要以此地当我的葬身之所，全神贯注地将灵魂投注在工作中。

小釜大我七岁。他父亲古釜也自称有病在身，所以派儿子前来，但听说他其实是装病。因为使者窦麻吕最后才去邀他前来，他对此颇感不满。不过小釜早已名气在外，是位技艺不逊于其父的木匠，所以他和我不同，不算是个意外的顶替人选。

小釜可能是对自己的技艺颇为自负，面对青笠的傲慢，眉毛连挑也不挑一下，当它是耳边风，他很郑重地对我和青笠表达了问候。我觉得他很沉着冷静，让人觉得不太舒服，不过后来相处发现，他除了早安、午安、晚安的问候外，完全不和人说话。

我发现的事，青笠也发现了。于是他对小釜说："为什么你只有在问候时，才会好好跟人说话呢？就像规定停在额头上的苍蝇一定得用手挥除一样，太烦人了。木匠的手是拿来握凿子用的，不是为了一一赶除苍蝇，才从肩膀长出来的。人们的嘴是为了说必要的事才在脸上开了个洞，如果只是用来做早午晚的问候，那光是伸个舌头或是放个屁，就能办到了。"

我听了之后，开始欣赏起这位直言不讳的匠人。

三名木匠既已到齐，我们便被正式唤至大老爷跟前，公告这次的工作。一开始只是听闻要为大小姐雕刻一尊随身护法的佛像，但尚未告知详情。

富豪朝一旁的大小姐望了一眼，说道："我想请你们雕刻一尊尊贵的佛像，以守护我女儿的今生和来世。它会被供奉在佛堂里，由我女儿早晚膜拜，我想请你们雕刻佛像，以及安置佛像的佛龛。佛像是弥勒菩萨。至于其他则交由你们各自去设计，请在我女儿十六岁那年的正月前完工。"

三名木匠正式接下这项工作，向大老爷问安后，送来了酒菜。大老爷与大小姐坐在正面的高位上，左手边是三名木匠的菜肴，右手边也摆了三份菜肴。目前还没看到有人就座，我想，那应该是窦麻吕和其他两位重要人物的座位吧。但窦麻吕这时带来的却是两名女子。

大老爷为我们引见那两名女子，说道：

“翻越前面那座高山，越过对面的湖泊，再横跨前面那片旷野，有一座完全由岩石构成的高山。边哭着边越过那座山之后，又是一片旷野，它后方是一座雾气浓重的高山。再哭着翻越那座山后，有一片无比辽阔的森林，有条大河流经森林中央。花上三天的时间，哭着走出那片森林后，有一个村庄，据说村里有数千的涌泉。这村庄的每一棵树下都有一孔涌泉以及一名在此织布的姑娘。在村里最大的树下以及最大的涌泉旁织布的，是村里最美的姑娘，而此刻你们眼前的这位，就是那位姑娘。在这位姑娘会织布之前，都是由她的母亲负责织布，这位上了年纪的女人就是她母亲。她们从那个村庄跨越彩虹之桥，千里迢迢来到此飞弹深山，为我女儿编织和服。这位母亲名叫月待，女儿名叫江奈古。谁能雕刻出令我女儿满意的佛像，我就把漂亮的江奈古许配给他。”

其实，她是大老爷砸钱买来织布的漂亮奴隶。也有别国的人会来到我出生的飞弹国买奴隶，不过要买的是男性奴隶，像我这样的工匠，就会被买去当奴隶。不过，因为有此需求，要特地从遥远的他国前来买奴隶，所以奴隶颇受看重，会受到等同贵宾般的款待，不过这也只限于工作完成前。一旦工作结束，没了用处后，就只是花钱买来的奴隶，所以是要转送他人，或是喂大蛇吃，全凭主人高兴。所以没有哪个工匠会想被卖往他国，而如果是女人的话，自然更是百般不愿了。

我总觉得这两个女人很可怜。不过大老爷说，谁能雕刻出令大小姐满意的佛像，就要送出江奈古当奖赏，这句话着实令我惊讶。

我完全没心情为大小姐雕刻她喜欢的佛像。之前他们说我长得像马脸，我因此不顾一切地奔进山中，在瀑布底下一直待到天黑，当时我心中便拿定主意，为了雕刻出一尊大小姐不会看上眼的佛像，不，不是佛像，而是为了雕刻出一尊可怕的马脸怪物，我要倾注灵魂用心雕刻。

因此，大老爷所说的“谁能够雕刻出令我女儿满意的佛像，就要送出江奈古当奖赏”这句话，令我大为惊诧，同时感到愤怒。我发现这个女人并不是我需要的女人，心中就此涌现出一股嘲笑之情。

为了抑制这些杂念，我要让自己彻底恢复工匠应有的纯真之心。师傅当初教导我工匠应有的心态，就该用在这时候。

于是我注视着江奈古，同时告诉自己，就算这时大蛇咬住我的脚，也绝不能移开目光。

“这女人是翻越高山、越过湖泊、横跨旷野，然后又翻越高山、横跨旷野，又翻越高山、穿过广阔森林，从涌泉的村庄前来的织布女？还真是珍奇的动物啊。”

我的目光并未从江奈古的脸上移开，但我也并非心无杂念。因为我虽然压抑了惊诧与愤怒，却管不住自己眼中的嘲笑之意。

尽管我发现自己朝江奈古投射嘲笑的目光很不妥当，但既然我无法从她脸上移开目光，也就只能继续将自己带有嘲笑的目光投向她。

江奈古发现了我的目光，她的脸色变得愈来愈难看。我心中暗觉不妙，我看到江奈古的眼中燃起了憎恨之火，我也随即燃起了憎恨之火。我和江奈古两人忘却一切，就这样满含憎恨地互相瞪视。

江奈古微微转开她那严峻的目光，脸上浮现出别有含意的笑意，说道：“在我出生的地方，马比人多，马都是被用来载人或是耕田的。而这个国家的马，却是穿着衣服，手执凿子，雕刻寺院和佛像呢。”

我马上还以颜色：“在我出生的国家，女人都会耕田，但你的国家却是马在耕田，所以也就只能由女人来代替马织布。在我出生的国度，马虽然手执凿子当木匠，但不会织布。你就尽量地织布吧。千里迢迢来到这里，辛苦你了。”

江奈古目眦欲裂，缓缓起身，用眼神朝大老爷致意，大摇大摆地来到我面前。她停下脚步，低头俯视我。当然，我的目光仍未从她脸上移开。

江奈古绕过用餐的矮桌，来到我背后。突然拧起我的耳朵。

“竟然来这招！……”

我心里这么想。到头来，是你先移开目光，所以是你输了。而就在这一瞬间，我耳朵遭受了犹如火烧般的一记重击。我身子前倾，发现自己竟然把手插进了饭菜里，同时众人的喧哗声传进我的耳中。

我转头望向江奈古。她右手拔刀出鞘，紧紧握在手中，但右手却已静静地垂落，看不出一丝杀气。而她就像别有用意似的，动作笨拙地抬向空中，复又垂落的是她的左手。我突然发现她的手指间捏着什么东西。

我转头望向自己左肩。因为我感觉那里不太对劲，只见整面肩膀都染满了血，鲜血还滴向榻榻米上。我就像想起某件遗忘的往事般，这才意识到耳朵的疼痛。

“这是马的一只耳朵！另一只耳朵就用你的斧头砍下，尽量让它们看起来像人耳吧。”

江奈古将切下的上半只耳朵丢进我的酒杯里，就此离去。

★

之后，过了六天。

我们准备在宅邸内的一隅各自盖一座小屋，关在里头工作，所以我也开始上山砍伐树木，着手搭建小屋。

我决定挑选仓库后方，没人会前来的场所。那是一整片荒草丛生之地，是蛇和蜘蛛的栖息地，所以人们惧怕这个场所，不敢靠近。

“原来如此。如果要盖马房的话，这地方是很合适，不过，光线有点昏暗吧?”

窦麻吕飘然现身，如此调侃道。

“马的直觉过人，一有人靠近就提不起劲工作。等小屋盖好，开始着手工作后，请不要走进这处工房。”

我对高处的窗户做了双层设计，门口也加设特别机关，非得花一番心思，让人无法往工房内偷窥才行。在我的工作完工前，势必得保密。

“对了，马耳。老爷和大小姐叫你过去，你带上斧头跟我来吧。”

窦麻吕说道。

“带上斧头就行了吗?”

“嗯。”

“是要叫我砍伐庭院的树木吗？虽然使用斧头也算是工匠的工作之一，不过裁木师和木匠不一样。如果只是要砍树，有其他更合适的人选。请不要用这些无聊的小事来扰乱我的心思。”

我一面发着牢骚，一面拿起斧头，窦麻吕则是用奇怪的眼神上下打量我。

“别生气，你先坐下。”

他如此说道，自己先朝木材的切口处坐下，我也朝他对面坐下。

“马耳，你听好了。你想跟青笠和小釜一较长短的这份心值得敬佩，不过，你应该不会想在这屋子里工作吧?”

“这话怎么说!”

“嗯。你自己仔细想想。你的耳朵被削掉，很痛对吧?”

“跟耳洞相比，上耳就像是个多余之物，我将切碎的鱼腥草拌进松脂中，涂抹在伤口上，用它来止血，结果顺利止住了痛，而且对耳朵似乎大有帮助。”

“日后你就算继续待在这里，也保准不会有好事。眼下只是伤了一只耳朵倒还好，接下来难保不会有性命之忧。听我的准没错，你赶快就这样逃走吧。这里有一袋黄金，就算你工作三年，雕刻出气派的弥勒佛像，想必也得不到这么一大笔黄金。之后的事，我会好好替你跟老爷解释，所以你趁现在赶快逃吧。”

窦麻吕的表情出奇地认真。他就这么想赶我走吗？不惜给我一笔比工作三年的工钱还多的黄金也要赶我走，我真的是这么没用的工匠吗？一想到这里，我顿感怒火上涌。我咆哮道：

“是吗？你认定我不是拿凿子和刨刀当木匠的料，反倒适合握着斧头砍树，当一名樵夫是吧？那好，从今天起我不再是这户人家雇用的木匠。不过，请让我继续在这座小屋工作下去。食物我自己会张罗，一概不会给你们添麻烦，也不需要付我半毛钱。是我自己要在这里做三年白工，这样不会造成任何不便吧？”

“等等。你好像误会了，没人说是因为你技艺不够纯熟，而要赶你走啊。”

“既然你都说‘只要带着斧头去就行了’，难道我还能有其他想法不成？”

“也差不多是这个意思。”

窦麻吕双手搭在我肩上，以奇怪的眼神静静注视着我，接着开口道：

“是我表达得不好。其实是老爷吩咐要你带着斧头和我一同前去。不过，要你别带着斧头前往，直接就这样逃走则是我个人的说法。不，不光是我，老爷其实心里也这么期望，所以他才会把这袋黄金交到我手上，吩咐我要让你赶快逃离这里。之所以这么说，是因为你如果拿着斧头和我一同前往老爷跟前，怕你会遭遇不测。老爷是替你的安危着想。”

他这番语带玄机的话，令我更加恼火。

“如果大老爷他真是为我的安危着想，那应该将个中缘由坦然说出来才对吧。”

“他是想跟你说，不过有些话说了之后会无法善后。就像我刚才跟你说的，你搞不好会有性命之忧。”

我立刻拿定主意，拎着斧头站起身。

“我和你一起去吧。”

“你这是……”

“哈哈哈。这种事可不能开玩笑。在下虽不才，但我们飞弹的工匠自小就受过严格教导，要将自己的性命投注在工作之中。除了工作，不会为其他事舍命，不过，与其被人说我是因为惧怕和人竞技而夹着尾巴逃走，那我宁可选择一死。”

“你是前途无量的青年，如果能活久一点，有可能成为扬名天下、备受世人称颂的名匠，但你毕竟还是有些年少轻狂啊！只要日后能长命百岁，这一时之耻，终究是可以洗刷的。”

“我的事，请你别再多管了。我打从来到这里的那一刻起，便已忘了要活着回去。”

窦麻吕就此放弃。他的态度突然变得冷淡。

“那你跟我来吧。”

他站在前头，快步而行。

★

我被带往宅内的庭园。廊外的泥土上方铺有草席，那显然是我的位子。

江奈古就在我对面。她双手负在身后，遭到捆绑，直接坐在泥土上。

听闻我的脚步声，江奈古抬起头来，就像一只如果松绑便会飞扑而来的恶犬，紧紧瞪视着我，不曾移开过目光。我心想，这娘儿们真让人讨厌。

“如果我因耳朵被削下而憎恨她，这道理还说得通，但她憎恨我，是什么道理呢?”

想到这里我才猛然发现，自从耳朵不痛之后，我便不曾想起过这个女人。

“仔细想想，还真不可思议，像我这样脾气暴躁之人，竟然没有诅咒过削下我耳朵的女人，说来真是奇怪。尽管想过是有人可能会斩下我的耳朵，却很少想过会是这个女人削下我的耳朵。但相反地，要是这娘儿们把我当仇家般憎恨，那我实在不明所以。”

想必是我把诅咒的念头完全贯注在雕刻魔神这件事情上，所以根本没空去想这个可恨的女人。我十五岁那年，曾被一名同伴从屋顶推落，手脚骨都跌断了，只因为这名同伴为了一点小事而对我怀恨在心。我因骨折而有三个月无法从事木匠的工作，但师傅却连一天也不准我休息，我得凭单手单脚来雕刻格窗上的装饰。骨折的伤，痛得我夜不能眠。我边哭边挥动凿子，但在这样的过程中我逐渐明白，比起在漫漫长夜里哭泣而还是无法入眠的痛苦，边哭边工作的白天反而还比较能让人忍受。有时恰好正值满月，我在半夜里起身挥动凿子，因疼痛难忍而闷声哭泣，也曾因一时手滑而被凿子刺伤，但当时我清楚明白地知道，能超越痛苦的，就只有工作。那格窗虽是我单手单脚雕刻而成，但等日后我双手双脚行动自如后重新细看，发现也没什么特别需要修改的地方。

当时的事已深植心中，所以被削下耳朵的这点痛楚，只会更加激励我投入工作之中。我想日后会让她明白这点的，而且我想象了各种可怕的魔神模样，连自己都吓得浑身发毛，但似乎从没想过要让这个女人知道。

“我之所以不诅咒这个女人，是因为我懂得个中的缘由，但这女人把我当仇人一样憎恨，真是莫名其妙。也许是因为大老爷说了那番话，所以她以为我想得到她，才如此憎恨我。”

想到这里，我忽觉茅塞顿开，也渐感怒火上涌。这个傻女人，当我是为了得到你，才做这项工作吗？就算他们要我带你回去，我也会像是拂去掉在肩上的毛毛虫一样，把你丢在一旁。因为心里这么想，我也就感觉平静了不少。

“我带耳男来了。”

窦麻吕朝室内大喊。这时，我感觉竹帘后方有动静，已就座的大老爷说道：

“窦麻吕在吗？”

“小的在。”

“告诉耳男这件事。”

“小的明白。”

窦麻吕瞪了我一眼，向我说明：

“关于家中的女奴切下耳男一只耳朵之事，对飞弹的众工匠，以及飞弹的众人深感抱歉。因此决定处死江奈古，而耳男是她的仇家，所以特由耳男持斧头斩下其首级。耳男，请动手。”

我听闻此事，终于明白这就是江奈古把我当仇人一样瞪视的原因了。一旦解开这疑团，再来就没什么好挂怀了。我对大老爷说：

“非常感谢您的好意，但没这个必要。”

“你下不了手吗？”

我立即站起身，执起斧头，大步走向前，在江奈古面前望了她一眼，以充满威吓的神情瞪着她。

接着我绕到江奈古身后，斧头往前一抵，切断了绳子。之后迅速回到我的座位，刻意什么也不说。

窦麻吕笑着道：

“比起江奈古死掉的人头，你更想要活生生的人头是吧？”

我听到这句话，气血再度直冲脑门。

“胡说什么！这种形同蝼蚁般的织布女，我飞弹国的耳男完全没瞧在眼里。我只当自己是被栖息在东国森林里的虫子咬了耳朵，没有为此生气的道理，又岂会想要虫子的死虫头或活虫头呢。”

我如此大喊，却满脸涨红，汗水直流，因为这并非我的肺腑之言。

我之所以满脸通红、汗水直流，并非因为心里想要这女人，而是因为这女人明明没道理恨我，却像有仇似的瞪视着我，所以我想她一定是认定我心里想将她占为己有，因而对我满怀憎恨。真是个傻女人。就算他们要我带她回去，我也会像是拂去掉在肩上的毛毛虫一样，把她丢在一旁，自己一个人回去，这才是我心里的想法。

明明没这回事，却被怀疑别有居心，这样实在很困扰，我一直很在意这件事，而现在又意外从窦麻吕口中听到这件事，我被戳中痛处，一时慌了手脚。人一旦发慌，就会恼羞成怒、大感苦恼，我的脸逐渐发烫，汗水如同瀑布般奔腾直流，就像先前一样。

“这可真伤脑筋。太遗憾了。像这样满头大汗，一副慌张的样子，只会让人觉得我这是在向众人招认，我的确别有居心。”

想到这里，我更慌了。豆大的汗珠从额头滴落，不见停止的迹象。我就此死心，闭上眼。对我来说，脸色涨红和汗如雨下，是我无从抵抗的死敌。我除了闭上眼，极力保持心无杂念外，没其他方法可以止住这溃堤般的汗水。

这时，传来大小姐的声音。

“掀起竹帘。”

她如此下令。可能侍女也随侍一旁吧，但我刻意不睁开眼睛去确认。想要早点止住这溃堤般的汗水，就算是想看的事物，也不能看。我很想再次仔细瞧瞧大小姐的容貌。

“耳男，请睁开眼睛，回答我的问题。”

大小姐如此下命令，而我很不情愿地睁开了眼。竹帘往上卷，大小姐站在外廊上。

“你说，就算被江奈古削下耳朵，你也只当那是虫咬？你是说真的吗？”

我觉得她那是天真无邪的开朗笑容。我用力点头。

“我句句属实。”我回答道。

“你可不能事后才说这是骗人的哦。”

“我不会那样说。正因为认为她就像虫子，所以不管是死人头还是活人头，我都不要。”

大小姐点点头，接着对江奈古说：

“江奈古，你去把耳男的另一只耳朵也咬掉吧。因为他说，就算虫子咬了他，他也不会生气，所以你大可尽情地咬下去。我借你虫子的牙齿。这是你亡母的遗物之一，等你咬下耳男的耳朵后，就赏给你。”

大小姐取出短刀，交给侍女。侍女高举着短刀，递到江奈古面前。

我万万没想到江奈古会接下那把短刀。我没用斧头斩下她的首级，而是改为切断捆绑她的绳索，算是她的恩人，而眼前这就是斩下她恩人耳朵的那把短刀。

江奈古接过那把刀。原来如此，既是小姐赐的刀，自然没有拒收之理，但我心想，她总不会拔刀出鞘吧。

那可爱的大小姐，正一脸无邪地享受这个恶作剧。看她那灿烂的笑容！所谓人畜无害的笑脸就像这样吧。既没有享受恶作剧的亢奋，也没有心怀不轨的暗影，那是少女的笑脸。

我这么想：问题在于江奈古能否以巧妙的话语将手中接过的短刀归还大小姐。如果能想出珠玑妙语，得以直接将短刀归为己有，那就更有意思了。倘若我能视情况配合说上一句巧妙的醒世名言，那更有锦上添花之妙。大小姐也肯定会心满意足地放下竹帘。

事后回想，我当时会这么想实在不可思议。因为大小姐赐予江奈古那把短刀，并命她割下我的耳朵，而且我之所以会失去一只耳朵，追根究底不就是因为大小姐吗？而我之所以下定决心要雕刻一尊可怕的魔神像，也是因为大小姐的缘故。而看到魔神像后吓得魂飞魄散的人，也非得是她不可。大小姐明明将短刀赐予江奈古，命她割下我的耳朵，但我却认为这是幸福的玩乐时刻，如今回想，真是匪夷所思。莫非是因为大小姐那无邪爽朗的笑容、清澄浑圆的双眼所致？我宛如置身梦中，一切是如此不可思议。

我满心以为江奈古不会拔刀出鞘，所以脑中满含这样的思绪，陶醉地望着大小姐的笑容出神。现在回想，这是何等大意，多么严重的内心破绽啊。

当我察觉到一股惊人的气势，转动眼珠望去时，江奈古已大步来到我面前。

我心中暗呼一声“不妙”。江奈古在我面前拔刀出鞘，一把拧起我的耳朵。

我忘却一切，就只是定睛望着大小姐。大小姐应该是说了些什么，她对江奈古说了些话。从那宛如少女般爽朗清澄的笑容中，理所当然地发出鹤鸣般的一阵话语声。

我茫然凝视着大小姐的脸。那爽朗无邪的笑脸，浑圆清澄的大眼，看得我心神恍惚。就在这时，我知道我的耳朵被割下了，但我的眼睛一直紧盯着大小姐瞧，无法移开，而我看得陷入恍惚的心神，也占满了我的心。我被割下耳朵后，仍旧茫然地仰望大小姐。

当我的耳朵被割下时，我看见大小姐那浑圆的双眸充满生气地睁大着，显得如此澄澈。她的脸颊微泛红晕，透着些许的满足，随即又瞬间消失。接着，连笑容也从她脸上消失，转为无比认真的神情，像是沉思的表情。看起来就像在说“搞什么，这样就没了吗”，并为此感到生气。大小姐转过头，一言不发地起身离去。

当大小姐准备离去时，我发现自己眼里噙着一颗豆大的泪珠。

★

之后将近三年的时光，是我奋斗的血泪史。

虽然我获准待在小屋里挥凿雕刻，但我挥凿的力气，始终受到残存在我眼中的大小姐笑脸的压制。为了压制这股力量，我得全力奋战。

我呆呆地望着大小姐入了迷，感觉就算再怎么挣扎，终究也赢不了她，但我心里焦急，无论如何都得把这股力量逐出，以便雕刻出一尊骇人的魔神像。

我想到一个办法，当人起了怯懦心时，就要用冷水淋身。

我冲了十瓢、二十瓢，冲到自己都快晕厥了，从火供①联想到熏烤松脂的做法，还用火烧自己的脚掌足弓。这一切都是为了令我内心振奋，就像要展开袭击般全力投入工作中。

小屋四周是潮湿的草丛，是众多蛇类的窝，所以这些蛇也会肆无忌惮地钻进小屋内，我则直接将它们开膛剖肚，生饮其血，并将蛇的尸体吊在天花板上。我祈求蛇的冤灵能附在我身上，也附在我的工作上。

每当我心生畏怯时，就到草丛里抓蛇，将其剖开，榨出生血，一口气喝下，剩下的血则淋在我开始雕刻的那尊妖怪雕像上。

一天抓七条，然后增加为十条，夏天还没结束，小屋四周草丛里的蛇都被我抓光了。于是我上山，一天抓一袋蛇回来。

小屋的天花板上满是悬吊的蛇尸，上头白蛆丛生，臭气弥漫，随风摆荡，冬天到来后，它们还会随风沙沙作响。

我看见悬吊的蛇尸一同朝我袭来的幻影后，反而力量涌现。因为我感觉蛇的冤灵汇聚在我身上，我变成蛇的化身，就此重生。若不这么做，这工作我根本无法持续下去。

我没自信可以创造出拥有强大力量，足以将大小姐的笑脸

① 火供，佛教仪式。以燃烧护摩木的方式供养本尊。

硬压回去的妖怪雕像。我明白自己力有未逮，与此奋战的艰苦，甚至令我产生干脆疯掉算了的念头。我暗自祈愿，要是我自己能化为附身在大小姐身上的冤灵就好了。但每当我的雕刻工作来到重要时刻时，我便会发现自己那完全被大小姐的笑容压制的怯懦内心。

当第三年的春天到来时，我已刻好将近七成，开始着手关键部位的雕刻，所以我渴求蛇的生血。我进入山中，捕猎兔子、狸猫、野鹿，将它们开膛剖肚，榨出生血，使其肚肠撒落一地，并斩下它们的头，把血滴在雕像上。

“多吸点血吧。在大小姐十六岁那年的正月，将灵魂栖宿在这里，化为有生命之物，化为杀人吸血的恶鬼。”

那是长着一对长耳的脸庞，但究竟是怪物、魔神、死神、恶鬼，还是冤灵，连我也不清楚。但只要是拥有强大的力量，足以将大小姐的笑脸硬压回去的可怕之物，我就心满意足了。

仲秋时，小釜率先完工，而青笠也在秋末时完工。我则是等到冬天才完成这尊雕像，但安放雕像的佛龛则还没动工。

我心想，佛龛的形状和模样一定得要可爱一点，这样才与大小姐身旁的家具配得上。为了在打开佛龛的小门时，能凸显出里头雕像的可怕，外观一定得采用可爱的样式。

我在所剩不多的日子里，废寝忘食地打造佛龛。一直忙到除夕夜，这才大功告成。虽然没能精雕细琢，但我在门上雕了花鸟。尽管称不上华美气派，但我觉得朴素反而带有不凡的气韵。

深夜时我请了几名仆人，将作品搬出，摆在小釜和青笠的作品旁边。我对自己的得意之作相当满意。回到小屋后，盖上毛皮，像被拖进地底般沉沉入睡。

★

我因一阵敲门声醒来。长夜已尽，似乎已日上三竿。我猛然想到：对哦，今天是大小姐十六岁这年的正月初一呢。敲门声仍一直响个不停，我当是侍女送饭菜来，于是随口应道：

“吵死人了。像平常一样，什么也别说，摆在门外就行了。什么新年、元旦的，我向来都不过。都三年了，我一直跟你们说，这里和你们是不同的世界，说到嘴巴都酸了，你还是不懂吗？”

“你要是醒了，就开门吧。”

“少在那里表现得好像很懂似的。我可不是醒了就会开门的。”

“那你什么时候开门？”

“门外没人的时候。”

“你是说真的吗？”

我听到这句话时，听出这高低起伏的声音是大小姐那让人一听就不会忘的独特嗓音，我感觉此人就是大小姐。我全身因恐惧而瞬间冻结，不知该如何是好，就这样慌慌张张地任凭时间虚掷。

“趁我还在的时候，你快出来。你要是不出来，我会想办法让你出来。”

她小声地说道。我感觉到大小姐命侍女在门外堆起某个东西，接着听到敲击打火石的声响，推测她们堆的是枯柴。我一跃而起，奔向门口，取下门闩，打开了门。

如同门一开，风便吹入屋内一样，大小姐笑眯眯地走了进来。她从我面前走过，率先走进屋内。

三年不见，大小姐就像变了个人似的，显得成熟了许多，容貌也变成熟了，但唯独那开朗无邪的笑脸，仍和三年前一样。

侍女们一见小屋内的景象，顿时大为惊慌，只有大小姐不显一丝怯色。她似乎觉得很稀奇，先是环视室内，接着环视天花板，那些蛇已化为无数的白骨，悬挂在空中，而底下散落着无数的骨头碎片。

“这些都是蛇吧?”

大小姐的笑脸充满朝气，闪耀着感动之色。她朝头顶伸手，想拿下一块垂吊的蛇骨。那块白骨掉在大小姐肩上，就此散开。她轻轻伸手挥除，对掉落之物连看也不看一眼。她看起来似乎对每件事都觉得稀奇，却又无法长时间执着在同一件事物上。

“是谁想到这么做的?飞弹木匠的工房都是这样的吗?还是说，只有你的工房才这样?”

“大概就只有我的工房吧。”

大小姐没点头，但她的脸却因满意而闪耀出爽朗的笑容。三年前，我首次目睹大小姐的容貌，当时她突然很认真地绷着脸，露出颇感无趣的神色，但现在在我的小屋里，她脸上始终带着笑容。

“好在没放火烧了。要是真的烧掉这里，就看不到这一幕了。”

大小姐全部看完后，心满意足地低语道。

“不过，现在可以烧了。”

她命侍女堆起枯柴，然后点火。小屋立刻笼罩在浓烟下。见它燃起烈火后，大小姐对我说：“谢谢你那尊珍奇的弥勒佛像。我很中意，比其他两尊好上百倍、千倍。我想给你奖赏，你换好衣服后来一趟吧。”

照旧是那开朗又无邪的笑脸。大小姐在我眼中留下笑容后，就此离去。我在侍女的引领下，前去沐浴，换上大小姐赐予的衣服，接着被带往宅邸深处的房间。

我因为感到恐惧，从沐浴的时候起，就一直心不在焉。我想我就快被大小姐杀了。

我总算明白大小姐那无邪的笑脸是怎么回事了。望着江奈古割下我耳朵的，也是这张笑脸；望着无数的蛇尸悬吊在我小屋天花板上的，也是这张笑脸；命江奈古割下我耳朵的，也是这张笑脸，而且下令要我用斧头砍下江奈古的首级，肯定也是因为这张笑脸想看那幕景象。

当时窦麻吕劝我早点逃离这里，还说大老爷也希望我能逃离这里，现在我终于明白这句话了。对于这样的笑脸，大老爷应该也是无计可施吧。我想毕竟这也是没办法的事。

在众人忙着庆贺的元旦，能毫不踌躇地朝自己家中角落纵火的这张笑脸，想必完全不怕地狱之火，也不怕血池肉林，更别说我一手打造的妖怪雕像了，这可能只能算是她七八岁时玩过家家的酒玩具吧。

“谢谢你那尊珍奇的弥勒佛像。我很中意，比其他两尊好上百倍、千倍。”

想起大小姐的那句话，我因惊惧而浑身发毛。

我雕刻的那尊妖怪像，哪里骇人啦？根本就完全没有足以让人内心为之冻结的力量！

真正可怕的，是这张笑脸。这张笑脸才是唯一真正可怕之物，连魔神、冤灵都望尘莫及。

直到现在我才明白这张笑脸是什么，也许这三年来，一直想要打造出可怕之物，却始终都被大小姐笑脸压制的我，在糊里糊涂间，有一部分内心已感受到这点。既然是为了打造出真正的可怕之物，那么被她的笑脸压制也是理所当然。因为真正可怕之物，除了她的笑脸外，再也没别的了。

我想将这张笑脸深深刻印在我这辈子的记忆中，然后就此丧命。对我来说，大小姐杀了我，已是毋庸置疑之事。而且今天我洗好澡后，侍女带我到宅邸深处的房间，由大小姐匆匆地取我性命。也许会像杀蛇一样，将我开膛剖肚，倒吊起来。想到这里，我便害怕得无法呼吸，忍不住双手合十，诚心祈祷。但就算我痛哭流涕，双手合十，那张笑脸想必也完全不当一回事。

我想，要摆脱这个命运，就只有一个方法，而这也符合我身为工匠的诚心祈愿。总之，向大小姐拜托试试吧。下定此决心后，我才得以从浴盆里起身。

我被带往宅邸深处的房间，大老爷带着大小姐现身。我连问候都显得僵硬，额头紧贴地面，极力放声大喊。因为我连抬起头来的力气都所剩无几。

“这是我这辈子最大的祈求。请让我雕刻大小姐的容貌和姿态，只要雕出作品留传人世，我不管什么时候死都无悔了。”

没想到大老爷很干脆地回应了我的请求。

“只要我女儿同意的话，这是再好不过的事了。女儿啊，你没意见吧?”

大小姐回答得也很干脆，令我大感意外。

“我原本就打算拜托耳男这么做，既然耳男也这么想，那就更没话说了。”

“太好了。”

大老爷大为开心，忍不住大叫了起来，接着他温和地对我说道：

“耳男，把脸抬起来吧。这三年辛苦你了。你刻的弥勒像虽是讽刺之作，但那雕刻的气势，绝非平庸之作可比。尤其我女儿特别中意，所以我除了满意外，也没什么可说的了。你这次干得很漂亮。”

大老爷和大小姐给了我许多赠礼。这时，大老爷又补上一句："原本说好，谁能雕刻出令我女儿满意的佛像，就要将江奈古送给他，但因为江奈古死了，所以无法履行这项承诺，真的很遗憾。"

大小姐在一旁接话道：

"江奈古用割下耳男你耳朵的短刀刺进自己的喉咙而死。那件染满她鲜血的衣服，你现在正贴身穿着。想着至少要让你穿着'她'当作代替，我事先将它改成了男装。"

我对这种事已不再感到惊讶，但一旁的大老爷却吓得脸色苍白。大小姐就只是笑眯眯地望着我。

★

当时连这处深山也爆发了疱瘡①，各处村庄都不断有人丧命。由于疫情最后也来到了这座村庄，所以家家户户都贴上驱逐瘟疫的符咒，连白天也大门紧闭，一家人围在一起日夜向神佛祈祷，但不知恶魔是从哪条缝隙潜入的，死亡人数还是与日俱增。

---

① 疱瘡，即天花。

夜长家中也是一样，阔大的宅邸内，每一扇防雨门都紧紧关闭，家人一整天都屏息敛声，但唯独大小姐房间的防雨门敞开着。

“耳男雕刻的妖怪像，是他剖杀了无数条蛇，倒挂在空中，一面以蛇的生血淋在雕像上，一面注入诅咒所刻成的妖怪，所以似乎能充当驱逐瘟疫的符咒。既然这妖怪也没其他长处，那就摆在大门外当装饰吧。”

大小姐命人将雕像连同佛龛搬到大门前。夜长家有一座高楼，大小姐不时会爬上高楼远眺村庄，若看到有人将死者运往村郊的森林里丢弃，她便会一整天都露出满足的神色。

我移居到青笠留下的工房小屋里，全身心地投入大小姐专用的弥勒佛雕像的制作中。将小姐的笑脸转移到佛像的脸上，这是我的主意。

宅邸内还像正常人一样行动的，只剩我和大小姐两人。

大小姐听说我要将她的笑脸移到佛像脸上时，脸上姑且露出满意之色，但其实她并不关心我的工作。她曾前来确认我的工作进度，就只在发现有人群前往森林丢弃死者时，她才会出现在小屋里。她并非特地挑选我来听她说这件事，而是毫无遗漏地将这件事告诉宅邸内的每一个人，这似乎是大小姐的嗜好。

“今天一样有人死掉呢。”

她告诉我这件事情时，脸上笑眯眯的，仿佛乐在其中。她向来都不顺便看一眼佛像的雕刻状况，连瞧都不瞧一眼。当然也不会长时间逗留。

我怀疑大小姐是在耍我。我时常会想，虽然她显得若无其事，但其实在元旦那天，肯定打算要杀掉我。听说大小姐将我雕刻的妖怪像摆在大门前用来驱逐瘟疫时曾说过：“耳男雕刻的妖怪像，是他剖杀了无数条蛇，倒挂在空中，一面以蛇的生血淋在雕像上，一面注入诅咒所刻成的妖怪，所以似乎能充当驱逐瘟疫的符咒。既然这妖怪也没其他长处，那就摆在大门外当装饰吧。”

我从别人那里听闻此事，不禁吓得全身蜷缩。她连我在雕刻时注入诅咒的事都知道，却还让我活着，实在可怕。从三名工匠的作品中选中我的雕像，然后又毫不避讳地说了那番话，她肚里的心思真是深沉可怕。在送我赠礼的元旦那天，大小姐说的话，连大老爷听了都脸色发白。大小姐真正的心思，恐怕连她父亲也不清楚。在大小姐将心中真正的想法付诸执行之前，她的心思应该是无人能解的谜吧。就算她现在没有杀我的念头，但也许元旦那天曾有这个意思，也可能明天就会想要我的命。大小姐对我感兴趣，不管什么时候我命丧她手都不足为奇。

我雕刻的弥勒佛像，似乎与大小姐那无邪的笑脸愈来愈像了——圆滚滚的双眼；像尖端处带有宝珠般，水嫩浑圆的鼻头。不过，这种相貌不需要特殊技术，我必须投注灵魂面对的，是那无邪笑脸的秘密，不带半点阴郁，清澄、开朗、无邪的笑脸，不显一丝嗜血的感觉，也不显半点与魔神有关的颜色或气味。宛如一名天真的女童，这是她笑容的一切，完全不带半点神秘感，而这似乎就是大小姐笑容的秘密。

“大小姐的脸，或许除了脸形外，还闻得出某些气味。因为大小姐刚出生时，以黄金榨出的露水洗过澡，所以据说天生身上散发一股黄金的气味，俗人的眼光有时反而会锐利地看出个中秘密。萦绕在大小姐脸上的那股肉眼看不出的气味，我非得用凿子将它刻进雕像里不可。”

我在心中如此暗忖。

她那天真的笑脸，哪天有可能会杀了我，一想到这里，这份恐惧顿时成了支撑我工作的助力。有时我停下手中的工作时才发现，那份恐惧已深深渗进我的心中，变成一种熟悉的感觉，让人想紧紧拥抱它。

“今天一样有人死掉呢。”

每当大小姐来到我的小屋说这句话时，我总是无言以对，只是盯着她的笑脸。

我没想过要询问她真正的心思，毕竟俗世的念头全是无谓之事。只要大小姐秉持真心，她的天真笑脸以及气味便是一切。至少对工匠而言，这代表了一切，对我现世的肉身而言，也代表了一切。从三年前我对大小姐容貌入迷的那一刻起便已注定，这就是一切。

看来，带来天花的疱疮神已经离去了。村里有五分之一的人都染病而死；夜长家的宅邸里住了许多人，却没有半个人染病，所以我一手雕刻的妖怪像顿时深受村民顶礼膜拜。

大老爷率先表现得十分热衷。

“这尊妖怪雕像，是耳男将很多条蛇生剖之后倒吊，以生血淋它，注入诅咒所做成，它十分可怕，连疱疮神都不敢靠近呢。”

他拿大小姐说的话来现学现卖。

这尊妖怪雕像从夜长家位于山上的宅邸大门前被运下山，村民在山下池子边一处三岔路口临时搭建一座祠堂，将其摆在里头坐镇，还有不少人从远处的村庄前来参拜。我转眼间被捧成了名人，而比我更受人赞扬的是夜长家的大小姐。人们都说，我雕刻的妖怪像之所以能赶上保护夜长家一家人，多亏了大小姐的力量，尊贵的神明栖宿在大小姐的肉身上。于是，有关大小姐是尊贵神明化身的传闻很快便在各村庄间散播开了。

前往山下的祠堂参拜我那尊妖怪像的人们中，有些人还来到山上的夜长家宅邸大门前跪地膜拜后才回去，也有些人在大门前摆放供品。

大小姐向我展示人们供奉的芜菁和菜叶，说道：“这是你该得的东西。好好煮来吃吧。”

她笑眯眯的脸庞，散发着光辉。我认为大小姐是前来嘲笑我的，因而颇感不悦。对她回应道：

“飞弹有很多工匠打造出扬名天下的佛像，但我从没听过有谁因此得到供品。这一定是献给活菩萨的供品，所以请您自己好好煮来吃吧。”

大小姐没搭理我这番话，脸上笑容依旧，她对我说：

“耳男啊，你雕刻的妖怪像真的把疱疮神瞪了回去。我每天都在楼上亲眼目睹这些呢。”

我听傻了，注视着大小姐的笑脸。不过大小姐的心思实在难以揣测。

大小姐接着说道：

“耳男啊，就算你爬上楼，和我看到同样的景物，应该也看不到你雕刻的妖怪像将疱疮神瞪回去的那一幕。因为从你的小屋被烧毁的那一刻起，你的眼睛就看不见了。而你现在雕刻的那尊弥勒佛像，连要缓解老爷爷老奶奶头痛的力量都没有。”

大小姐神情爽朗地注视着我，接着她转身离去。我手中仍留着芜菁和菜叶。

我就像被大小姐施了魔法，成为她的俘虏。这真是位可怕的小姐。也许她确实有超乎常人的力量。不过，她说我现在雕刻的那尊弥勒佛像，连要缓解老爷爷老奶奶头痛的力量都没有，这话是什么意思？

“那尊妖怪像连吓哭孩子的力量都没有，但弥勒佛像应该会有什么力量才对呢？至少我的灵魂会转移到佛像中吧。”

我觉得自己可以很肯定地这样说，但大小姐的笑脸却彻底撼动着我心中的肯定。我开始觉得我确实遗漏了些什么，有一种不太踏实且难以忍受的悲戚。

★

疱疮神离开后，不到五十天，又有另一种瘟疫越过各个村庄朝这里而来。这时刚好夏日到来，接连几天都是酷热难当。

人们又得在酷热的天气下关上防雨门，终日向神佛祈祷。不过，先前疱疮神来临时，农民们都没再耕田，所以这次要是再不下田耕种，将会没有粮食可吃。于是农民们惴惴不安地前往农田挥动锄头，但一早生气勃勃地出门，接着却在大太阳底下转圈跳舞，最后变成在田里爬行，就此一命呜呼的人不在少数。

有人来到位于山下三岔路口的那座妖怪像的祠堂参拜，却直接死在祠堂前。

“尊贵的大小姐守护神啊！请驱除疫病吧！”

也有人来到夜长家的大门前如此祈祷。

夜长家的宅邸再次在大热天里紧闭防雨门，人们屏息敛声，低调度日。只有大小姐敞开防雨门，不时从楼上远眺山下的村庄，每次看到有人丧命，就四处跟宅邸里的人们说。

大小姐来到我的小屋说道：

“耳男啊，你知道我今天看到了什么？”

大小姐眼中放出光芒。她说道：

“我看到一名老太太到妖怪像的祠堂参拜，她在祠堂前转圈跳舞，最后抱着妖怪像不放，就这么咽气了。”

我对她说：

“就连那尊妖怪像也无法将这次的瘟神瞪回去了吗？”

大小姐不理会我说的话，语气平静地命令道：

“耳男，你去后山抓蛇回来，要抓满一大袋。”

她如此下令，而我只能奉命办事，没能说半个不字。一直到大小姐离去后，我脑中才开始浮现疑问，大小姐到底想拿这些蛇来做什么?

我进入后山，抓了好几条蛇。去年以及前年的这时候，我也是在这座山里抓蛇，心中兴起一股怀念之情，而这时我才蓦然发现一件事。

去年以及前年的这时候，我之所以为了抓蛇而在这座山里游荡，是因为被大小姐的笑脸压制，为了振奋自己怯懦的心，才展开这样的苦战。先前被大小姐的笑脸压制时，我雕刻到一半的妖怪像看起来很窝囊，感觉上头的凿痕全是白费力气。而在我得以振奋勇气，好好重新面对那尊窝囊的妖怪像之前，我一直都怕自己就算将整座山的蛇血都喝下肚，勇气还是不够。

与当时相比，现在的我并没有受到大小姐笑脸的压制。不，或许还是一样受到压制，但我已不再为了要加以反制回去，而与心中的不安对抗。大小姐的笑脸对我施加的压力，我只要如实地用凿子来加以呈现就行了，我就此沉浸在技艺原本的忘我境界中。

此刻的我已回归纯真的本心，尽管我在雕刻现在这尊弥勒佛像时，还是会不断地感叹自己技艺的拙劣，但却不会像之前觉得妖怪雕像很窝囊那样悲叹连连。雕刻妖怪像的凿痕，在大小姐笑脸的压制下，看起来一切都像是在白费力气。

此刻，我内心感到了安详，坦然与技艺奋战，所以我觉得去年的我和今年的我没多大改变，但其实改变了不少。今年的我，在各方面都更胜以往。

我装满一大袋蛇，回到小屋。一见到那鼓胀的大袋子，大小姐的双眼立刻散发出天真无邪的光辉。她说：

“带着袋子上楼来吧。”

我登上高楼。大小姐指着下方：

“三岔路口的池子边不是有那座妖怪像的祠堂吗？可以看到有个人抱住妖怪像，就这么死了对吧？那是一名老太太。她抵达祠堂后，低头拜了几拜，接着突然站起身开始转圈跳起舞来。然后踉踉跄跄地在地上爬行，好不容易伸手搭向祠堂，却再也无法动弹了。”

大小姐的眼睛紧盯着祠堂，一动也不动。她移动目光，环视眼下的那个地方，不显一丝厌腻，接着低语道：

“现在有很多人在田里工作，疱疮神来的时候，明明都没看到人到田里工作呢。有人是到妖怪像的祠堂参拜时丧命，但田里的那些人都平安无事。”

我因为终日在工房里埋首工作，所以几乎没和宅邸里的人有任何往来，更不会与宅邸外的人往来。虽然偶尔会听说有瘟疫袭击村庄的传闻，但对我而言，那是另一个世界的事，从来不曾有深切的体认。即使听说我雕刻的妖怪像被当成驱魔的神明祭拜，自己就此成了名人，但也一样当那是另一个世界的事。

这是我第一次从高楼远眺村庄。虽然只是把从后山眺望村庄的风景距离缩短而已，但当我看到有人抱着祠堂的妖怪像，就此丧命的模样后，尽管和我毫无瓜葛，没什么真实感受，但村庄的悲哀却深深渗入我眼中。明知那尊妖怪像对除魔根本就派不上用场，却还有人紧抱那座祠堂的妖怪像就此丧命，这可真是罪孽深重啊。我想，干脆放把火将祠堂烧了，不是很好吗？就像我自己犯罪似的，一种不是滋味的感觉紧紧将我攫获。

大小姐看够眼下的景致后，转头对我下令：

“把袋里的蛇一条条开膛剖肚，榨出它们的血。你之前榨出生血后，都怎么做?”

“我都是装在酒杯里喝。”

“一二十条都这样喝?”

“一次喝不了那么多，如果不想喝的话，就往身边洒。”

“然后将剖开的蛇吊在天花板上对吧?”

“没错。”

“那就照你之前的做法再做一次。我要喝生血，快点!”

对于大小姐的命令，我只能遵从。我拿出用来接生血的酒杯，以及把蛇吊向天花板的道具，将袋里的蛇一条条剖开，榨出生血，并依序吊向天花板。

我万万没想到，大小姐竟然不显一丝怯色，笑眯眯地露出无邪的笑容，将生血一饮而尽。在目睹这一幕前，我原本还不当一回事，但在看过之后，我因极度害怕，连杀惯蛇的手也为之颤抖！

这三年来，我剖杀了无数条蛇，饮其生血，将蛇尸倒吊在天花板上，但因为是我自己做的事，所以一点都不觉得可怕或怪异。

大小姐生饮蛇血，将蛇尸倒吊在高楼上，她到底打算做什么？不管她的目的是善是恶，只见她爬上高楼，以笑眯眯的神情，毫不犹疑地喝干了蛇血，那模样是如此天真无邪，令人心胆俱寒。

大小姐将第三条蛇的生血一饮而尽；从第四条开始，她将蛇血洒向屋顶和地面。

等我将袋里的蛇全都剖杀倒吊完毕后，大小姐说：

“你再去山里抓一袋蛇回来。趁太阳还没下山，多跑几趟。在天花板挂满蛇之前，今天、明天，还有后天都要持续这么做。动作快！”

我再次上山捕蛇，等我回来时，已是向晚时分。大小姐的笑脸蒙上一丝遗憾的暗影，望着倒吊的蛇尸与还没吊满的空间，她显得既满足，又遗憾。她抬起笑脸仰望高楼的天花板，一动也不动，就这样持续了半晌之久。

“你明天一早就出门。要多跑几趟。多抓一点。”

大小姐一脸遗憾地俯视着黄昏时分的村庄，对我说：

“你看，有人往祠堂前聚集，要处理老太太的尸体。好多人啊。”

大小姐的笑容愈来愈灿烂。

“疱疮神发威的时候，顶多只有两三个人无精打采地搬运尸体，但这次人们都显得很有朝气呢。希望我看到的村民们全都绕圈跳舞，就这样死去。接下来则是我看不到的那些人，像田里的人、野地里的人、山上的人、森林里的人、屋子里的人，我要他们全都死去。”

我仿佛被冷水淋身般，全身紧缩无法动弹。大小姐的声音是如此清亮、平静、无邪，所以才更加恐怖骇人。她之所以喝蛇血、将蛇尸吊向高楼，原来是要祈求村民们全都丧命。

我如坐针毡，想拔腿就跑，但已胆战心寒，吓得腿软。我从不认为大小姐可恨，但这时我第一次觉得，这位大小姐活在世上实在太可怕了。

★

当日出东山时，我清醒过来。大小姐的吩咐深深植入我的内心，让我的身心受到束缚，以至于时间一到，我便能自动醒来。

我难以承受内心的重荷，但我不得不背起袋子，走进尚未完全天亮的山中。我走进山里后，铆足全力抓蛇，急着想要抓快一点，想要多抓一点。我被自己一心想达成大小姐的期望的念头不断催促着。

当我背着大袋子返回时，大小姐已在高楼上等候了。将袋里的蛇全部吊上后，大小姐的脸庞为之一亮。

“现在天色还早。大家才刚到田里工作呢。今天你要多跑几趟去抓蛇。快点，要使出全力好好干!”

我一言不发，握着空袋赶往山中。从今天早上起，我跟大小姐一句话都没说过，因为我已没有力气跟大小姐说话。高楼的天花板肯定很快就会吊满蛇尸，但到时候会发生什么事呢?一想到这里，我的内心苦不堪言。

大小姐现在做的事，看起来不过是在模仿我先前在工房里的举动，但我可没办法想得这么单纯。我先前之所以那么做，是因为事出无奈，有这样的必要，但大小姐所做的事，却远超出常人的想象。她只是碰巧看过我的工房小屋，所以才模仿，如果她没看过我的小屋，应该也会模仿其他举动，做出同样可怕的事。

而且这样的事对大小姐来说，应该只是个开端吧。大小姐这辈子不管想到什么，做出什么事，都绝不会是一般人所能料想得到的。我深切明白，她这种人不是我应付得了的，而我的凿子也不可能抓得住她的神韵。

“原来如此，确实如大小姐所说，我现在雕刻的弥勒佛像，只是个微不足道的人类。我觉得大小姐就像这片蓝天一样广大。”

自己不小心目睹了如此骇人的东西。我不禁感叹，见过这样的东西后，以后得靠什么来支持自己，才能继续工作下去呢？

当我第二次背着大袋子返回时，只见大小姐的脸颊和双眸都燃起兴奋的光辉，迎接我的到来。她对我娇笑，并小声地说道：“真是太棒了！”

大小姐指着外头说：

“你看，那边的田里死了一个人对吧？才刚死不久！他原本高举着锄头，接着锄头突然掉落地面，开始绕圈跳舞。而当他停止动弹时，你看，那边的田里又有一人倒下了。他也开始绕圈跳舞了，刚才他还在地上爬行呢。”

大小姐目不转睛地瞧着。也许她还在期待，看那个人会不会继续爬动。

我听大小姐说这番话时，汗水静静地冒出。一股分不清是恐惧还是悲伤的强烈情感涌上心头，我一时不知该如何是好；一团凝块郁结在我胸中，我只能不停喘息。

这时，大小姐用那爽朗的声音朝我叫唤。

“耳男，你快看！喏，在那边！有人开始绕圈跳舞了。看，在跳舞。他们的样子就像因阳光太过刺眼，而晕晕乎乎一样。”

我奔向栏杆旁，望向大小姐指的方向。在夜长家宅邸下方的农田里，一名农夫敞开双臂，像在天空底下游泳般摇摇晃晃，踉踉跄跄，犹如稻草人长了脚，朝左右踩着扭曲的步伐，绕起圆圈。接着突然一下子倒地，开始改为匍匐而行。我闭上眼，向后退却。我的脸庞、胸口、背后满是湿汗。

“大小姐会把村民全都害死的！”

我对此深信不疑。当高楼的天花板全都吊满蛇尸时，村里的最后一人肯定也会断气。

我抬头望向天花板，发现它是一处通风的高楼，所以吊在上头的数十条蛇尸，全都一起缓缓地随风摆动，从它们之间的缝隙可以看见蔚蓝的晴空。在我门窗紧闭的小屋里，看不到这样的景象，不过现在连悬吊的蛇尸都变得这么美丽，这是怎么回事？在这人世间不该有这种事才对啊！

我必须做个决定才行，要么亲手将这些倒吊的蛇尸斩落，要么从这里逃离。我握紧手中的凿子，犹豫着该选哪个才好。这时，传来大小姐的声音。

“终于不动了，多可爱啊。我真羡慕太阳，因为全日本的原野、村庄、市镇，都会有人这样死去，而它全瞧在眼里。”

听完她这句话，我改变了心意。如果不杀了大小姐，这渺小的人类世界将会不保！

大小姐专注地凝望田地，也许是在找寻其他绕圈跳舞的人。我想这是一名多么惹人怜爱的小姐啊。说来也真不可思议，当我拿定主意后，竟然毫不踌躇。反而像是有股强大的力量在驱使着我。

我朝大小姐走近，左手搭向她左肩，将她紧紧搂住，将右手的凿子刺进她的胸膛。我的肩膀一阵剧烈起伏，但大小姐却是睁着眼睛，面露微笑。

“要先跟我说声再见，然后再杀我。等我也说完再见后，你再刺进我胸口，这样才对啊。”

大小姐那浑圆的双眸不断地向我投以微笑。

我原本也想照大小姐说的这样去做；我原本也很想和她道别，至少是在大声说出致歉的话语后再刺进她胸膛，但因为一时情绪激动，什么也没说，就这样刺了下去。现在又能说些什么呢，我眼眶满溢着懊恼的泪水。

大小姐牵起我的手，微笑低语道：

“喜欢的事物，就得要诅咒、杀害、争夺才行。你的弥勒佛像之所以不行，正是这个原因，而你的妖怪像之所以那么出色，也是因为如此。你要像之前把蛇尸吊在天花板上，以及现在亲手杀了我一样，做出出色的作品……”

大小姐嫣然一笑后，双眸就此合上。

我紧搂着大小姐，昏厥在地。

关于难以理解的失恋

有人的地方就有恋情，有各式各样千奇百怪的恋情在这世上展开，这点想必不用我赘述，不过，若是换个看法，倒也能说每种恋情都大同小异。就像文学或电影的恋爱剧情都很雷同一样，人生的恋爱剧情也很相似。而且人生的恋情往往都是仿效前人的套路，虽然高级知识分子理应会顺从自己的情意而行，但有时也会在不知不觉间仿效少年维特的恋情，或是像德米特里·卡拉马佐夫①那样的粗暴恋情，一般大众要跳脱出通俗文学或电影的恋爱套路，几乎可以说是不可能的事。

恋情的发生，理应是既自然又自由，但它其实一点都不自由。如此难以跳脱固定套路，而且又容易失去本身自然态度的极度不自由之物，着实少见。

刚好我身边有个打破旧有套路，让人有点难以判断的恋爱实例，就在此写下其梗概吧。

我有位朋友名叫A，年过五旬，是位绘画老师。门下有将近三十名女弟子，身旁总是带着五六名美少女同行，四处上热闹的场子露面。那模样当真是艳福不浅、快活似神仙，只要我们不是爱上这几位美少女中的其中一人，便绝不会对老师的风流样感到憎恨。我还知道一位在美术工作室里的老师平时的模样，他是一具没有灵魂的空壳，而这位爱散步的老师则拥有精力充沛的生命。旁人一看就知道，他具有鲜明的喜怒哀乐。

有人认为老师生来就是一位少见的女权主义者，对美少女们总是以骑士之礼相待，以慈父般的规矩守礼自持，不曾有任何淫邪的举止；也有人说，若真是如此，他潜在的性欲之强

① 德米特里·卡拉马佐夫，俄罗斯作家陀思妥耶夫斯基的《卡拉马佐夫兄弟》里的人物。

烈，将如同于连·索黑尔①进修道院一样；而在那些无法和美少女谈恋爱的男人当中，更有人自行猜想，认为像这位老师这般淫邪之人，可说是打着灯笼也找不到了，那些美少女想必都已在他的魔爪下遭殃。这当中真伪难辨。

不久，老师爱上其中一位美少女。此事任谁都看得出来。因为在那之前，老师从未对特定的某人表现出如此明确的态度。

不可思议的现象发生了。在那之前，老师绝不让其他男性在他散步的行列中掺和，但自从他恋爱后，他会挑选几名男性，而且全是年轻、活泼、俊秀的青年，加入他散步的随行行列中。

他似乎成了位心胸宽广的红娘，不用说也知道，有许多恋情就此暗地里活跃地展开，而当中最受嫉妒所苦恼的人，不是别人，正是老师，这点大家都看得一清二楚。

就连陪同散步的男女之间平凡无奇的对话，也揪扯着先生的心，老师因苦恼而几欲窒息，但还是强行佯装若无其事，连日来仍旧持续散步。不久，老师钟情的那位美少女也和青年坠入了情网。

---

① 于连·索黑尔，十九世纪法国作家司汤达《红与黑》中的主人公。

有人走在街上时，看到一名表情如同野兽般狰狞的老绅士，横冲直撞地从面前跑远，他说那是老师。也有人说，他在某个停车场撞见老师的背影，正想叫他时，老师已一脚跨上阶梯，一步飞越三级，迅如飞箭地冲上楼梯，消失无踪。还有另一人说，老师当时正巧遇上骤雨，他就像刻意让自己淋湿般，一直朝公园深处走去。

美少女后来结婚了。

与此同时，老师也不再出外散步。原本模样富态的老师，突然变得瘦弱，而且两颊憔悴，眼窝凹陷，宛如模样落魄的衰老病患。

明知会有这种结果，但为何老师在坠入情网后，非得让俊美的青年加入他散步的行列不可呢？我们这群认识他的人，怎么也想不透。

听那名与美少女结婚的 B 青年说，比起其他随行的青年，老师对 B 青年的态度并未特别严苛。为此感到苦恼的人，从头到尾都只有老师一人。

有人说老师性无能，但这话并未说中。也有人认为，像暴风般为此苦恼，是老师自己也没察觉的特殊癖好所致，是他潜在的性欲与潜在的自虐癖好相互斗争的结果，即其潜在的自虐癖好最终胜出了。还有人补充说明，认为在这种情况下，潜在性欲的落败，并不表示他性欲低弱，他潜在的力量过于深厚才是真正的败因，他的性欲本身其实极为强烈，不过这同样也没说中。

结果是老师仍不知爱上女性到底意为何物。不过他一直到了这把年纪，都还不懂何谓恋情，而这位美少女是他的初恋，想必他因此感到六神无主吧。也有人说，不管再怎么六神无主，毕竟是初恋，刻意给自己制造情敌这件事未免显得过于虚假。

各位看，当我们试着这样回顾老师的恋情时，那带有一丝滑稽的悲伤苦闷，反而会赐给我们活下去的力量，这样不是很令人感动吗？如同我们从老师的恋情中得到感动一样，老师也如置身外一般，毅然将自我舍弃为那份感动的材料，不是吗？当然，一旦付诸行动后才发现，这样根本不足以对自己的模样产生感动，老师甚至还瞬间衰老了许多。

有人说，若真是如此，像老师这般贯彻苦闷人生的悲剧角色实属少见，不过此言差矣。老师是货真价实的骑士，他其实是想为自己心爱的人带来幸福。不管有没有人提出这样的解释，但就目前看来，有人抱持这种看法的可能性微乎其微。

不幸的恋情看起来似乎很残酷，但这样的道理未必能成立。这莫大的愚行、不幸的恋情，值得我辈参考。

南风谱

——致牧野信一

为了享受南方的阳光，我开始纪伊之旅。从朋友家后方的山丘远眺，熊野滩的景致美不胜收。

这一带的居民有出国工作的习惯。因此，在这平凡无奇的渔村火炉旁，人们啜饮芳香浓郁的咖啡，有时还会从椰子壳做成的点心盘上拿起加州的水果享用。

我在朋友家换下一身旅行装扮，正准备走出浴室时，发现有一道锐利的女性目光，从沐浴在夕阳下的走廊角落朝我凝视着。那是可爱的妖魔之眼，我很喜欢。这让我联想到丛林里的老虎的英姿，那令人全身发麻的乡愁使我深感陶醉，所以那个带有此眼神的人，我一直牢记心中。

看到朋友后，我马上告知自己刚才所见。

“我家中除了老太太和未成年的女仆外，没其他女人了。”朋友似乎连用感到无趣的神情回答都嫌懒，就此伸了个懒腰，“你看到的是佛像。你想看的话，等吃完饭后，我带你去看……”

我不禁朗声大笑。

“佛像是吧。我还以为是老虎呢。”

然而，朋友并未共鸣于我雀跃的心情，也没浮现半点笑意，而是就此凝望着夕阳。

用完餐后，朋友点亮烛台前来。“因为仓库里没有灯。”在行经游廊时，海风拍打着我那因酒醉而发烫的脸庞。

佛像摆在仓库深处，立着靠在一只布满尘埃的大木箱旁。这是一尊木雕的地藏王像。

我记得过去只在镰仓的国宝馆和京都博物馆看到过这样的地藏王像。这可能是镰仓时代的作品。它的肢体多么女性化啊，或者不如说，它充满了现实世界的女性胴体所欠缺的情感和秘密。在现实生活中被禁止欢愉的人们脑中，栖宿着唯有借由幻想的翅膀才能达成幻想的特殊现实。也有人称这样的现实为梦想。与这些人们脑中栖宿的现实相比，世上的欢愉是多么贫瘠、没有秘密，而又多么容易幻灭啊！一味投身于幻想中，而将自己烧成焦黑的人们，很快就能像这些佛像一样，创造出如此奇妙的肉体，熏染了取之不竭的欢愉和秘密。我脑中不禁浮现出一名老僧的身影，他不知年迈为何物，始终秉持过人的妄执，杀气腾腾地挥动着凿子。

昏黄的烛台灯光照向木雕的胸、腰、臂、颈，那栩栩如生的鲜活样态，令我产生几分诡异的胸闷之感。不久，我发现尽管四周尘埃密布，但唯独这尊佛像一尘不染。

我向朋友询问："你每天都到这里看它吗？"

"不久前，我原本都放在书房里。"他察觉出我的疑惑，如此回答道，"不过它会出外散步、射空气枪、打破玻璃，要是放着不管，便会自己恶作剧。"接着他才首次展露出敞开心房的笑容。

不过，我从他想瞒过我双眼的地方——木像的侧腹一带，发现一处像是刀子造成的伤口，伤痕犹新。仿佛能用肉眼看出，从佛像伤口到侧腹一带渗出一圈血痕。

"好了，我们出去吧。"这时友人说道。

隔天，我独自前往海边散步。在海滨偶然与一名渔夫交谈，于是我坐上他的小船出海钓马头鱼，直到夕阳余晖开始洒落海平面。望着那倾沉的红艳夕阳，那可爱的妖魔视线突然浮现在我脑海中。

“你知道那户人家家中的那尊佛像吗?”我问渔夫。

“你说佛像?”

渔夫随即朗声大笑起来：“原来如此，那就是尊佛像。那个没有父亲的混血姑娘是个傻子，而且又聋又哑。”

接着我从渔夫口中得知，友人的妻子是个傻子，而且不会说话。听说是位很漂亮的姑娘，拥有一身混血儿才有的光亮古铜色皮肤。经过我朋友很热情的追求，才得以娶她为妻。

“哎呀呀，原来不是老虎，而是傻子啊。”我只是很自然地望向眼前的大海，心不在焉。

我拎着钓到的马头鱼，走回朋友家中。待我洗去吹了一整日的大海风尘，走出浴室时，我望向走廊的角落，但此刻夜已深，我没感觉到任何人的视线。

——那留在伤口上的血……当我即将入睡时，喃喃自语。那应该是真正的血。不是我自己一时眼花。

要是将佛像摆在书房里，就算他的妻子不是傻子，恐怕也会忍不住妒火中烧，这是理所当然的事。他那傻妻最后应该是忍不住挥了刀，却误伤了自己的手，鲜血则染红了佛像的伤口。

不过，比起傻子的嫉妒——我突然感到心情沉重，如同我那朋友所憧憬的，不是现实世界中的美女，而是一名傻女一样，到头来，比起那名傻女，那尊带有种种诡异欢愉的木雕，或许更加令他内心狂乱……

我感到痛苦难受。因为傻女的憎恨无比鲜明地刺向我的胸口。而在更鲜明的感觉下，我想起佛像那充满秘密的肉体，吃惊于那蜿蜒紧缠而来，像鞭子般的弹力所带来的痛楚。

木雕那水嫩的侧腹鼓起处渗出的一圈血痕，不是别的，正是从它那欢愉的肉体内汩汩流出的血潮。

“总之——”我在沉睡中做出决定，“为了不打搅他们平静的生活，我明天就离开吧。”

隔天，友人展现出唯有厌倦孤独的人才有的平静，并未出言挽留，我就此起程离去。我尽可能抬头仰望太阳，走在文殊兰①被风吹得窸窣作响的海边小路上。

---

① 文殊兰，植物名。多分布于东南亚地区，常被植于佛寺附近，象征着文殊菩萨在人间的智慧化身。花语之意为与君同行、夫妻恩爱。

白痴

这家人与猪、狗、鸡、鸭同住，但他们所住的建筑，以及各自所吃的食物，几乎没什么不同。有一栋外形扭曲，像是仓库般的建筑，楼下住的是屋主夫妇，楼上的阁楼则是租给一对母女，女儿怀有身孕，不知道孩子的父亲是谁。

伊泽在此租了间房，是与主屋分开的另一座小屋，听说屋主得肺病的儿子以前就住在这儿，不过，这可不是连让得肺病的猪来住都嫌浪费的小屋。屋里还设有壁橱、厕所，以及橱柜。

屋主夫妇经营裁缝店，在町内当裁缝老师（所以才让得肺病的儿子住到别的小屋去），也担任町会的办事员。听说向他们租房子的那个姑娘，原本是町会的办事员，但她住在町会事务所里，除了和町会长、裁缝店老板有染，也跟其他干部（十几个人）都发生过关系，就此怀上他们其中一人的种也不足为奇。于是町会的干部们凑了钱，想让她在这处阁楼房里把孩子生下。不过，这世上没有白白浪费的东西，其中一名干部家里开的是豆腐店，只有他在姑娘怀孕后仍偷偷跑来阁楼房与她幽会，最后这姑娘成了该男子的小妾。其他干部得知此事后便不再凑钱，他们主张，这一个月的生活费理应由豆腐店老板独立负担，而不愿再支付这笔钱。他们分别是蔬果店老板、钟表店老板、地主，以及其他店家老板，合计有七八人之多（原本每人出钱五日元），此事至今仍令那姑娘气得直跺脚。

这姑娘长着一张大嘴、一对大眼，但身材倒是十分清瘦。她讨厌鸭子，只肯拿剩饭喂鸡，但鸭子却会从旁抢食，所以她每天都气冲冲地赶着鸭子跑。她挺着大肚子和屁股，以此前凸后翘的怪异姿态跑步的模样，像极了鸭子。

裁缝店老板说：“这处巷弄的出口处有家烟铺，有位脸上涂着白粉、名叫五十五的老太太就住那儿，她已赶跑了七八名情夫，却也苦恼着接下来该找个中年和尚好，还是中年的店家老板好，要是有年轻男人从后门去跟她买烟，她也会卖几包（而且是黑市价格），所以老师（指伊泽）你不妨也试着从后门跟她买吧。”但很不巧，伊泽工作的地方会特别配给香烟，所以他也就没上老太太那里光顾了。

不过斜对面的白米配给所后方，住着一名手头有笔积蓄的寡妇，家里住有哥哥（工人）和妹妹两个孩子，这对亲兄妹就这样建立起夫妻的关系。不过，就在寡妇认为这样比较省钱，而默认这样的关系时，哥哥却有了其他女人。由于有必要替妹妹做个安排，于是他将妹妹嫁给亲戚当中的一名五六十岁的老翁，妹妹就此吞老鼠药自杀。她事先服药后，来到裁缝店（伊泽的租屋处）学裁缝，这时开始感到痛苦，之后一命呜呼，而当时町内的大夫开出一张心脏麻痹的死亡诊断书，这件事也就此不了了之了。伊泽惊讶地问道：“咦？是哪位大夫开出这么随便的诊断书?”裁缝店老板则是露出傻眼的神情，反问道：“说这什么话？这和你没关系吧。”

这一带，便宜的公寓林立，这些房子当中有一定的比例住着小妾和娼妓。这些女人没有孩子，而每间房子都打扫得干干净净，这是她们的共通特性，因此颇受管理人①欢迎，而她们

① 此处指代替房东管理屋子的代理人。

私生活的淫乱以及违背道德的行径，也不曾引发过问题。公寓半数以上是军需工厂宿舍，女子挺身队的队员也住这儿，里头有某课员的情妇、某课长的战时夫人（也就是说，正宫夫人正在疏散避难）、某董事的姨太太，以及暂停公司职务，干领月薪，身怀六甲的挺身队队员。当中有名小妾，自己一个人就有五百日元的生活费，而且拥有一户独栋房子，羡煞众人。一名据传是专以杀人为业的中国浪人（他的妹妹是裁缝店老板的徒弟），他隔壁是一名按摩师傅，再隔壁是承袭裁缝师傅银次的技艺且学有专精的裁缝店老板，后面住的是海军少尉，少尉每天吃鱼、喝咖啡、吃罐头食品、喝酒，这一带只要往地下挖一尺深，便会冒出水来，不可能挖防空洞，但唯独这位少尉硬是用水泥盖了一座比他家还要气派的防空洞。而位于伊泽上班必经之路上的百货公司（两层楼的木造房），因战争商品短缺，目前歇业，不过二楼连日开设赌场，赌场老大占领了几处国民酒场①，瞪视着大排长龙的一般百姓，每天喝得烂醉。

伊泽大学毕业后担任新闻记者，接着成为文化电影的导演（目前还只是见习，尚未单独执导），与他二十七岁的年纪相比，他在不为人知的人生中应该掌握有相当的知识，对于政治

① 国民酒场，二战时日本的大众酒吧。会限制每个人的饮酒数量。

人物、军人、企业家、艺人的内幕，多少也握有些小道消息，但他万万想象不到，这处被城郊的小工厂和公寓包围的商店街其生态竟也如此复杂。“是战后人心颓废的关系吗？”伊泽问。裁缝店老板则是流露出哲学家般的神情，平静地应道：“不，这一带从很久以前就一直是这样。”

不过，问题最大的人物其实是伊泽的邻居。

这个邻居精神不正常。他有不少资产，而他刻意选在这处巷弄的死胡同里盖房子，也是出于疯子的顾虑，想必是因为他很讨厌小偷或不相干的人闯入吧。因为来到这处死胡同，穿过这户人家的大门后，左觑右瞧就是看不见正门，放眼望去只有嵌了格子的窗户，这栋屋子的玄关位于后院，与正门相反，所以简单地说，要是没绕着这栋建筑走上大半圈，便不得其门而入。这是让不相干的入侵者知难而退的设计，也是当有人探头探脑找寻玄关时，可以看出对方入侵的企图，做好警戒防范的设计，这个邻居就是如此厌恶世间的俗物。这栋房子是两层楼建筑，有不少房间，但是其内部究竟设有什么机关，就连消息灵通的裁缝店老板也不太清楚。

这个疯子年约三十岁，上有老母，还有个二十五六岁的妻子。听说这一家人唯独这个老母还算是个正常人，不过她极度歇斯底里，对配给一有不满，便赤脚冲进町会去理论，是町内唯一的女中豪杰，而那个疯子的妻子，则是个白痴。在诸事顺遂的某一年，疯子突然一时兴起，穿上一身白衣，踏上了去四国地区神社参拜的巡礼之旅，因而在四国的某处与这个傻女意气相投，就此带着旅游的伴手礼和妻子回到家中。疯子是个风度翩翩的美男子，而傻女也气质非凡，像是出身名门，有着细长忧郁的双眸，一张瓜子脸煞是好看，活像是传统人偶或能剧面具，两人站在一起，怎么看都像是一对俊男美女，而且是教养不俗的天成佳偶。疯子戴着厚厚的眼镜，似乎常因读书破万卷而疲惫，显得愁眉不展。

某天，这处巷弄展开防空演习，太太们个个忙进忙出。当时穿着一身便装，在一旁哈哈大笑看好戏的，就是这个男子。不久，他突然换上防空装现身，从某人那里抢来水桶，发出“嘿”“呀”“呵”等多种怪叫声，开始汲水泼洒，还架起梯子爬上围墙，登上屋顶，站在屋顶上发号施令，接着展开一场演说（训话）。伊泽这才发现男子是个疯子，这个邻居不时会从树篱潜入裁缝店老板的猪舍，打翻潲水桶，顺便朝鸭子丢石头，或是原本若无其事地喂鸡，接着突然一脚把鸡踢飞，不过想到此人是个麻烦人物，遇见时伊泽向来都只会和他点头致意。

不过，疯子毕竟与常人不同。若说到有哪里不同，应该是疯子就本质来说，比常人还要谨慎小心，而且疯子想笑就笑，想演说就演说，还会朝鸭子丢石头，或是整整两个小时都忙着戳猪的脸和屁股。不过就其本质来看，他们很怕别人的目光，对自己私生活的主要部分特别小心提防，处心积虑想与人保持绝缘。得从大门绕一圈才能走到玄关，就是这个缘故，他们的生活中很少有声响，对其他事也不会无谓地多费唇舌，时常在思考。巷弄的另一侧是公寓，水流声和女人们低俗的声音终年不断，笼罩着伊泽的小屋，那里住着一对卖淫的姐妹，晚上姐姐有客人时，妹妹就在走廊上来回踱步；妹妹有客人时，姐姐就深夜在走廊上来回踱步。由于疯子会发出嗜嗜怪笑，人们还以为他属于其他不同的人种。

他的傻老婆特别安静乖巧。她只会战战兢兢地在口中喃喃低语，听不清楚她说的话，就算听清楚她说了什么，却也不懂其含意。她不会煮饭做菜，如果让她做的话，说不定她也会，但要是搞砸了挨骂，她只会慌了手脚，把情况搞得更糟，前往领取配给品时也是如此，她自己一个人什么也不会，就只是呆站着，一切都是左邻右舍帮她打点。有人说疯子的老婆是白痴，这也是理所当然的事，没什么好要求的，但疯子的母亲却很不满，常骂她说，作为女人却连饭也不会煮。这个老太太平时行事有分寸，显得气质高雅，不过她也极度歇斯底里，一发起狂来，比疯子还要凶猛，他们三人当中，就数老太太的叫喊声最为刺耳、病态。那个傻女一副怯生生的模样，就连平常相安无事的日子，也显得惴惴不安，一听到脚步声便会为之一惊，伊泽向她喊一声“嗨”打招呼时，她反而是一脸茫然地呆立原地。

傻女也不时会到猪舍来。疯子把这里当自己家，光明正大地入侵，朝鸭子丢石头，四处戳猪的脸颊，但傻女则是像影子般无声无息地逃进这里，躲在猪舍里的暗处，屏息敛声，这里算是她的避难所。这种时候，往往隔壁的老太太都会以鸟鸣般的声音叫唤着“小叶、小叶”，每次傻女的身体都会出现蜷缩或倾斜的反应，最后不得已开始行动时，就像昆虫的抵抗动作般，一直长时间不断地来回反复。

不论是新闻记者还是文化电影的导演，都算是低贱的行业。他们只懂得时代的流行，不想被流逝的时间抛在后头，这就是生活。所谓的追求自我、特色、独创，根本就不存在于这世上。在他们的日常会话中，与公司职员、官员、学校的老师相比，像自我、人类、特色、独创这类的语汇特别泛滥，但这只存在于词汇中，他们花大把钞票追求女人，把宿醉的痛苦说成是人类的苦恼，就是这般愚不可及。他们老爱提到太阳旗所带来的感动，或是感谢士兵们，动不动就热泪盈眶，说轰轰轰是爆炸声、嗒嗒嗒是机关枪的声响，一听到就马上不顾一切地俯卧在地，全身心地投入于创作这种既没崇高的精神，也没半点真实感受的空洞文章，并制作电影，认定要表现战争就得像这样。有人说，因为军部会审阅，没办法不写，但他们也想不出其他真实的文章，文章本身的真实和真切感受，与审阅无关。简单地说，不管在什么时代，这些人都一样空洞没有内容，只有空虚的自我。只会随波逐流，摇摆没有立场，从通俗小说的表现方式中学到范本，而认为这就是时代的展现。事实上，时代这种东西也确实是如此肤浅，颠覆日本两千年历史的这场战争和落败，与人类的真实又有何干？一个国家的命运，仅凭着缺乏自省的想法和愚昧群众的妄动而被牵动。而在部长或社长面前，只要提到特色、独创，他们就会把脸转向一旁，展现出“真是个笨蛋”这样的言外之意，很好，新闻记者就是这样，而事实上，时代本身也是如此。

对于师团长大人的训词，有必要花三分钟的时间抄写吗？工人们每天早上像在念祈祷文般所唱的古怪歌曲，有必要一五一十地抄写吗？如果敢问这么一句，部长肯定会把脸转向一旁，暗啐一声，然后转过头去，将珍贵的香烟拧熄在烟灰缸里，两眼一瞪，厉声咆哮道：“喂，在这波涛汹涌的时代，美算哪根葱啊！艺术根本就没用！只有新闻才是真相！”导演是导演，企划是企划，结合群众之力，创造出像德川时代的侠客般情谊，以义理人情来处理才能，建立起一套比公司员工更像公司员工的阶级制度。借此来拥护各自的平庸，将艺术的特色与天才引发的争霸视为罪恶，当作是违反组织，而基于互助精神建立的才能贫瘠救济组织，倒是相当完备。在内是才能的贫瘠救济组织，但在外则是全力获取酒精的组织，这群人占领国民酒场，每个人喝三四瓶啤酒，喝得醉醺醺后，大谈艺术。他们的帽子、长发、领带、外衣，都有十足的艺术家模样，但他们骨子里的灵魂和脾气却比公司员工更像公司员工。伊泽相信艺术的独创性，无法对特色的独创性死心，所以他非但不能在讲求义理人情的制度里安身立命，甚至忍不住憎恨其平庸和低俗卑劣。他就此成了那群人排挤的对象，就算主动打招呼，他们也不搭理，甚至有人还会回瞪他一眼。伊泽拿定主意冲进社长室，向社长质问道："战争和艺术性的贫瘠，有其理论上的必然性吗？还是说，这是军部的意思？如果只是要呈现现实，那只要有相机和两三根手指也就够了。要以何种角度来加以评判，让它构成艺术，这样的特别使命是我们艺术家存在的意义啊！"社长听到一半，别过脸去，板起脸孔抽着烟，他脸上的表情就像在说"你为什么不辞去公司的工作，我看是因为害怕被征调服役吧"，社长面露苦笑，接着他脸上的神情仿佛暗示着“只要照着公司的企划，努力做好一般的工作，能按时拿到月薪，这样就很好了，别去想其他无谓的事，你太狂妄了”。社长一句话也没说，做出要伊泽出去的手势。“如果说这还不是低贱的行业，那什么才算是呢?”有时伊泽甚至觉得，如果心一狠，就此接受征召入伍从军，而能从这种思绪的痛苦中得到解脱，那么，就算是子弹和饥饿，也能甘之如饴。

在伊泽的公司里，曾推出“别让拉包尔沦陷”“派飞机前往拉包尔”的企划，并着手制作电影内容，但过程中敌军已飞越拉包尔，登陆塞班岛。而“决战塞班岛”的企划会议还没结束，塞班岛已经被攻下，飞机开始从塞班岛飞到我们上空。于是我们推出“燃烧弹的扑灭法”“空中冲撞”“马铃薯的栽种法”“不让半架敌机活着回去”“省电与飞机”等电影，这股热情说来还真不可思议。陆续拍出多部内容穷极无聊的奇怪电影，由于胶卷缺乏，能用的摄影机大幅减少，艺术家们的热情变得狂躁，宛如被“神风特工队”“本土决战”“啊！樱花凋谢”等口号夺去理智般，他们的诗情似乎无比亢奋。就此拍出像白纸般穷极无聊的电影，仿佛明日的东京即将化为废墟一样。

伊泽的热情已死。一早醒来，想到今天一样要到公司上班，就感觉昏昏欲睡，正在打盹时，警报声响起，他迅速起身，系上绑腿，抽出一根烟点燃。他心想：唉，要是辞去公司的职务，就没有这香烟可抽了。

某个深夜，好不容易赶上末班电车的伊泽，由于当时已没有私营铁路的班车可坐，所以他走了很久的夜路才到家。回家后打开灯，到处都找不到自己的钢笔，由于从来没发生过他外出时有人入内打扫，或是有人潜入屋内的情形，所以他讶异地打开壁橱查看，结果发现那个傻女躲在层层堆起的棉被旁。她以不安的眼神窥望伊泽的神色，把脸埋进棉被的缝隙内，但在得知伊泽没生气后，她因放心而展现亲近之色，那平静的模样教人傻眼。她只会自己小声地喃喃低语，而她的低语与对方询问的事完全无关，她就只是说东道西，说着自己所想的事，而且既含糊又简略，把许多破碎的话语凑在一起。伊泽不用问就已明白眼前的情况，他想，应该是傻女挨骂后不知如何是好，就此逃进这里，所以伊泽决定尽可能不让她感受到无谓的畏怯，因此省去逼问，只问她是什么时候跑进来的，女子叽叽咕咕地说了些莫名其妙的话，最后卷起袖子加以轻抚手臂（那里有一处擦伤），直说“我痛”“现在还是痛”“刚才也痛”，琐细地区隔出不同的时间来，总之，最后明白她是入夜后从窗户爬进来的。因为打着赤脚在外头游荡后才爬进屋内，所以泥巴把屋内弄脏了，对不起——她说的话似乎是这个意思，不过因为傻女一直在低语，不断地在死胡同里打转，这是伊泽从中归纳判断出的含意，所以这句“对不起”到底跟哪件事有关，他也无法做出明确的判断。

伊泽实在不想在深夜时分叫醒邻居，将这个战战兢兢的女人送回去，但要是等天亮后才送她回去，留她在屋里过一夜不知会引发何等误会，而且对方又是个疯子，无法想象会有什么后果。就随它去吧——伊泽心里涌现出一股奇妙的勇气。其实只是因为他在生活上丧失情感，因而这样的好奇心和刺激形成一股魅力，就此吸引了他，遇见怎样的事都会随它去。他告诉自己——总之，将眼前的现实视为一种考验，在我的生活中，有这个必要，保护这个傻女一夜的安全，是我现在应尽的义务，什么也不必想，什么也不必怕。眼前发生这件无比唐突的事，令人莫名地感动，完全没必要感到难为情。

他铺好两张床，让女子躺好后，才关灯一两分钟，女子突然起身离开床铺，似乎蹲坐在房内某个角落。如果现在不是寒冬，伊泽或许就不会这般坚持，早已自顾自地睡着了，但现在是冷彻肌骨的半夜，而且他把一人份的床铺分成两人份，床外的寒气直逼肌肤，全身冷得直打哆嗦。他起身打开电灯，看见女子蹲在门口，紧揪着衣襟，露出被逼到绝路、无处可逃的眼神。伊泽对她说：“你怎么了？快去睡吧。”她马上乖乖点头，再次钻回被窝，但关灯后过了一两分钟，就又上演同样的戏码。伊泽将她带回床边，对她说："你不用担心，我不会碰你一根汗毛。"女子流露出畏怯的眼神，口中喃喃自语，像在解释什么似的。就这样，第三次关灯后，女子又马上起身，打开壁橱门，躲进里头，从里头把门关上。

如此固执的行径，令伊泽为之恼怒。他粗鲁地打开壁橱吼道："你是不是有什么误会？我都跟你解释那么清楚了，你还躲进壁橱里，把门关上，这太侮辱人了，既然你那么信不过我，为什么要逃进这个屋子？这根本就是在愚弄我，羞辱我的人格，就像你是受害人一样，要胡闹也得适可而止。"不过，一想到女子根本没能力理解他这番话的含意，伊泽便觉得自己的行径实在很没意思，愚不可及，这时候赏女子一巴掌，赶快回床上睡觉，才是聪明的做法。接着女子露出不解其意的神情，口中不知在嘀咕些什么。好像是在说"我想回家，我要是没来就好了"。还说了一句"不过，我已经无家可归了"，这句话令伊泽心头一震，他对女子说："所以你尽管放心在这里过一夜吧。我明明对你没恶意，但你却当自己是受害人，所以我才会生气。你别再待壁橱里了，回被窝里睡觉吧。"女子望着伊泽，很快地咕哝了几句，伊泽听了之后大吃一惊，差点跳了起来，惊呼道："咦？你说什么。"因为从女子的低语中，他清楚地听到一句“因为你嫌弃我”。伊泽不由自主地睁大眼睛反问道：“咦，你刚才说什么?”女子神情沮丧，絮絮叨叨地说个没完，意思大致是“我要是没来就好了，你嫌弃我，我没想到会是这样”，接着她望向某处开始发愣。

伊泽这才明白是怎么回事。

女子并非怕他。情况正好完全相反。女子不是因为挨骂，不知该逃往何处，才来到这里。而是她以为伊泽对她存有一份爱意。然而，之前是发生过什么事，才让女子相信伊泽对她存有一份爱意呢？如果就只是曾经有四五次在猪舍、巷弄、路上见面时，跟她打过声招呼，那么这一切未免也太唐突，太胡闹了，呈现在伊泽面前的，是白痴的想法和感受。总之，她向伊泽索求之物，已超乎正常人的范围。熄灯后一两分钟，因为男人没碰女人的身体，她便觉得自己被嫌弃了，这份羞惭令她钻出被窝，对白痴来说，这是真切的悲痛吗？伊泽不确定自己是否可以相信这点。女子最后将自己关进壁橱，这可以视为白痴对羞耻和自卑的一种表现吗？由于连可供判别的话语也没有，所以他除了将自己降为和白痴同样的等级之外，没其他方法。为什么需要普通人那种“半吊子”的判别方式呢？他自己也拥有白痴那般坦率的内心，这样是身为正常人的耻辱吗？我最需要的，就是像白痴一样的内心，天真且率直的心。我将它遗忘在某处，一直处在龌龊的常人思考下，搞得满身污秽，追求虚妄的幻影，为此身心俱疲。

伊泽让她躺在床上，自己坐向她的枕边，像在哄自己三四岁大的女儿入睡般，轻抚她盖在额头上的头发。这时，女子茫然地睁开双眼，与幼童那天真无邪的模样别无二致。“我并不是讨厌你，人类表现爱情的方式，绝非只通过肉体，人们最后的住所，就是自己的故乡，而你就像是那故乡的居民”，伊泽一开始也试着一本正经地对她这样说道，但原本就不可能跟她说得通，而且语言究竟算是什么？它有什么价值？就连人类的爱情也是一样，没有任何事物可以证明它的真实，足以托付生命热情的真实之物真的存在吗？一切都只是虚妄的幻影。在轻抚女子的头发时，突然一股想要大哭一场的冲动涌上伊泽的心头，这场难以捉摸，连个固定的影子都没有的小小恋情，宛如是他一生的宿命，而此时他正天真无邪地轻抚那宿命的头发，一股悲切之情油然而生。

这场战争结局究竟会如何？也许日本会战败，敌人登陆日本本土，日本人多半会死亡。这只能看作是另一个超自然的命运，就像天灾一样。不过，他有个更卑微的问题。这是出奇卑微的问题，而且已逼近眼前，一直在他面前晃荡，挥之不去。那就是他每月向公司领取的二百日元薪水，这薪水能领到什么时候，会不会明天就被停职，流落街头呢，他对此颇感不安。每次他领薪水时，总是战战兢兢，担心老板会同时告知他已被解雇，而收到薪水后，就能多活一个月，这令他感受到一种无上的幸福感，但回顾自己的这种卑微，总令他想哭。他也曾对艺术抱持梦想。在艺术面前，这二百日元的薪水不过是一粒尘埃，但为什么能牢牢附着在他的身上，化为足以撼动生存根基的巨大苦闷呢？不光生活的外形，就连精神和灵魂也被这区区二百日元所局限，他凝望这样的卑微，却依旧能处之泰然，没有就此发疯，这更加令他感到羞愧。“在这波涛汹涌的时代，美算什么啊！艺术根本就没用！”部长那震耳欲聋的声音，暗藏着完全不同的另一番真实，以尖锐且巨大的力量嵌进伊泽心中。啊！日本就快战败了。同胞们将会如同泥人崩垮一样，陆续倒下，无数的手脚、人头，将会连同水泥和砖瓦的碎屑一起被卷上高空，化为看不见任何树木和建筑的墓地。要逃往何处，逃进哪个洞穴，又会在哪里连同洞穴被整个炸飞吹跑呢？虽然就像做梦般无法现实，但如果能幸存下来，将会重生，来到无法预测的新世界、满是石屑的原野生活，所以伊泽反而感到心中的好奇蠢蠢欲动。这是半年或一年后必然会到来的命运，但尽管其到来是如此必然，伊泽却仍旧只留意那犹如梦中世界般的遥远玩笑。这二百日元能封闭眼前的一切，将生存的希望连根拔起，拥有决定性的力量，连在梦中都被这二百日元紧紧掐住脖子，痛苦呻吟，他二十七岁的青春所拥有的一切热情全部被漂白，事实上，他就只是茫然地走在黑暗的旷野上。

伊泽想要女人，想要女人的内心声音，这曾经是他最大的希求，但他与那个女人的生活被这二百日元所限，锅碗用具、柴米油盐，全都背负了“二百日元的诅咒”，他们还生下了背负“二百日元诅咒”的孩子，女子就像成了“咒语”的奴仆，化为被“咒语”附身的恶鬼，每日絮叨不休。伊泽心中的憧憬、艺术、希望之光，全都熄灭消失，生活好似路旁的马粪，受尽践踏，干了之后被风吹散，连一点碎屑也不留，甚至不留一丝足迹。女人的背后紧缠着这样的“咒语”。那是令人难以忍受的卑微生活。伊泽自己没能力解决这种现实的卑微。啊！战争，在这伟大的破坏以及光怪陆离的公平下，人人都受到制裁，整个日本化为只有石屑的荒野，人们陆续倒下，这就是那虚无、可悲的巨大爱情吗？他想在毁灭之神的臂弯里沉睡，这样在警报声响起时，他反而能精力百倍地系上绑腿带。唯有生命的不安和玩乐，是他每天生存的意义。当警报解除时，他会备感失落，那绝望的情感消失又再度浮现。

这个傻女连煮饭和做味噌汤也不会，充其量也只能站在队伍中领取配给，连话都说不好。宛如一片极薄的玻璃，连喜怒哀乐的微风也能让其产生回响，面对他人的意志，只是默默接受，并任由它从恍惚与畏惧的细纹间穿过而已。就连那“二百日元的诅咒”，仿佛也无法栖宿在她的灵魂中，这个女人就像是为我而造的可悲人偶。伊泽想象着与这个女子紧搂着彼此任凭风吹，走在昏暗的旷野上，展开没有尽头的旅程。

尽管如此，他还是觉得这个念头既荒唐，又愚蠢，因为那极尽卑微的人类外壳，侵蚀着他的内心。明知如此，但为什么他觉得这股不断涌现的念头和率直的情爱，全都只是虚妄呢？难道说，比起这个傻女，住在那栋公寓里的娼妓，以及某地的贵妇才更有人性？有这种实质性的规定存在吗？就像真有这么一系列严格的规定存在似的，一切显得如此愚蠢至极。

自己到底在怕什么？就像那“二百日元的诅咒”重现般。现在明明是想借由这个女人来断绝和恶灵之咒的关系，但在根本上还是同样被恶灵的咒语紧紧束缚着。我所害怕的，就只是世人的虚荣。所谓的世人，不过就是公寓里的娼妓、小妾、怀孕的女子敢死队队员，以及像鸭子般以浓重的鼻音叫嚷着召开会议的太太们。除此之外，明明就没有世人的存在，但如此清楚明了的事，我却完全不相信。因为我害怕那不可思议的规矩。

这一晚出奇地短（同时又无限地长）。原本以为这漫漫长夜会无限延续下去，但不知不觉间已东方发白，黎明的寒气令他全身为之僵硬，犹如化为没感觉的石头。而他就只是一直坐在女子的枕边，轻抚她的头发。

★

从那天起，他开始了另一种生活。

不过，这家里只是多了一个女人的肉体而已，除此之外再无其他，更没任何变化，且空虚得令人难以置信。的确，连要从伊泽身边以及精神上看出冒出新芽的一根穗尖，都不可得。对于这种异常的情况，就理性来说，他能理解，但就生活本身而言，就连换个地方摆桌子这样的变化也没有发生。他每天一早出门上班，傻女独自留在屋内的壁橱里等候他回来。而且他一踏出家门，便忘了傻女的事，就像这件事是发生在记忆模糊的一二十年前一样，感觉无比遥远。

战争让人变得极其健忘，说来也真不可思议。战争那惊人的破坏力和空间的变化性，短短一天就会引发数百年的变化，一星期前发生的事，感觉像是数年前的事，一年前发生的事，则会被尘封在记忆的最底层。伊泽住处附近的道路以及工厂四周的建筑全被毁坏，整座市街就像扬起的尘埃般，引发了一场疏散避难的骚动。这不过是前不久发生的事，残留的痕迹都还没整理，却感觉已像是一年前发生的骚动般，就此远去。尽管是改变市街样貌的大变化，但第二次望去时，却只觉得是理所当然的景致。而傻女同样被他远远地推向那健康型健忘的众多碎片之中，就此变得模糊起来。昨天还大排长龙的车站前居酒屋，在疏散逃难后只剩下木片，还有遭炸弹破坏的大楼破洞、街上的焚烧痕迹，傻女的脸庞就夹杂在这众多的碎片之中。

每天都会响起警戒警报。有时还会响起空袭警报。这时他都会处在很不愉快的精神状态下。因为他的住处附近发生空袭，他担心会不会发生什么他所不知道的变化，不过他担心的唯一理由，就是怕那个女人会慌乱地冲出屋子，就此让左邻右舍全都知道此事。因为这无从掌控的变化所带来的不安，使得他每天都不敢在天黑前回家。他无法克服这低俗的不安，面对这样的悲惨局面，他也曾无力地抵抗过，也曾想过要向裁缝店老板坦言这一切，但他对自己的卑劣感到绝望，因为这只不过是借由最不会让自己受害的告白，来排遣心中不安的可悲手段罢了。所以，他认为自己的本质也跟低俗的世人没有两样，并对此无比愤恨。

傻女有两张脸，令他难忘。在转过街角或走上公司楼梯或摆脱电车里的人潮时，在诸如此类意想不到的场所，总会蓦然想起那两张脸，每次他的一切想法都会就此冻结，然后那瞬间蹿升的怒火也会绝望地冻结。

其中一张脸，是他第一次碰触傻女肉体时，她脸上的表情。而那件事本身到了隔天，就此成为一年前的记忆，瞬间远去，唯独她那张脸被特别地切割开来，浮现在他的脑海。

从那天开始，傻女就只是一具充满期待的肉体，没有其他生活，也没有半点自主思考。她就只是这样抱持期待。光是伊泽的手碰触她身体的一部分，她的意识便全部集中在肉体的行为上，还有她的身体、脸，都一样满怀期待。惊人的是，深夜时伊泽就只是手碰了女子一下，她那睡得不省人事的肉体马上全都有所反应，只有肉体始终生气勃勃，充满期待。即使睡着时也一样！不过，女子醒来时，脑中究竟在想些什么呢？应该就只有空虚，她脑中有的，就只有昏睡的灵魂，以及生气勃勃的肉体吧。醒来时，灵魂陷入沉睡，而睡着时，就只有肉体保持清醒。唯一拥有的，就只有无意识的肉欲。它在任何时间都清醒着，是一具和昆虫一样不知厌倦为何物，只会因反应而蠢动的肉体。

而另一张脸，则出现在伊泽刚好休假的某日，当时是白天，不远处发生长达两小时的轰炸，没有防空洞的伊泽，和女子一同钻进壁橱，躲在棉被里。轰炸集中落向离伊泽家四五百米远的地区，整座屋子连同地轴一同摇晃，在传出爆炸声的同时，他的呼吸和想法也随之中断。虽然一样是落下炸弹，但燃烧弹与炸弹在威力上的差异，就像无毒的锦蛇与有毒的日本蝮蛇一样，尽管燃烧弹会发出咔啦咔啦的可怕声响，但落地后不会有爆炸声，所以声音会在头顶上方突然消失，所谓的虎头蛇尾就像这样，别说蛇尾了，甚至连尾巴都没有，所以欠缺一种决定性的恐惧感。但炸弹可就不同了，它落下的声音小，但会拉出长长的一道声响，就像下雨般“哗”的一声，最后发出连同地轴也一并撕裂的爆炸声，所以说到那拉长的一声所暗藏的威力，实在非同小可，当轰隆轰隆的爆炸步步逼近时，那股绝望的恐惧的确会令人痛不欲生。而且飞机飞行的高度又高，所以敌机从头顶上方飞过时的嗡嗡声，听起来很微弱，一副若无其事的样子，就像一只望向一旁的怪物，突然抡起巨斧砍劈而来。因为展开攻击的对手表现出不明确的态度，所以那爆炸的低吼声显得很遥远，令人隐隐感到不安。这时，炸弹掉落，像雨声般长长地拉出“哗”的一声，那等候爆炸的恐惧，令人的话语、呼吸、想法全部为之停顿，就只有“下一波爆炸时我就会没命了”的绝望念头，这种念头在即将爆发之前散发出冷峻的光芒。

所幸伊泽的小屋四面被公寓、疯子的家、裁缝店等两层楼的房子包围着，所以附近的人家有的玻璃窗破裂，有的屋顶破损，但唯独伊泽的小屋连一点玻璃裂缝也没有。不过，猪舍前的农田里，满地都是沾满血的防空头巾。在壁橱里，只有伊泽的双眼散发光芒。他看到傻女的脸，以及那想要抓住空虚的绝望苦闷。

啊！人都有理智。不管在什么时候，还是保有一丝克制和抵抗的影子。连影子般的理智、克制、抵抗都没有，竟是这般惊人！女子的脸和全身都凝结了朝死亡之窗敞开的恐惧与苦闷。苦闷在蠢动，苦闷在挣扎，苦闷落下一滴眼泪。如果狗也会流泪的话，想必也会和狗发笑一样，又丑又怪。不含半点理智的眼泪，没想到竟是如此丑恶！在飞机轰炸时，说来也奇怪，四五岁大或六七岁大的幼儿都不会哭。他们的心脏像波浪一样悸动，可是他们却说不出话，就只是双目圆睁着。全身唯一还带有生气的，就只有双眸，但乍看之下就只是瞪大眼睛，未必会在脸上刻画出不安或恐惧这种很直接的戏剧性表情。倒不如说，与孩子原本的样貌相比，这样静静压抑自己的情绪，反而给人一种更理智的感觉。在这一刻，所有的大人都变得和孩子相当，或是比孩子还不如，因为他们表现出露骨的不安或是对死亡的苦闷，说起来，孩子甚至表现得大人还要理智。

白痴的苦闷与孩子圆睁大眼的神情迥然不同。那只是出于本能，对死的恐惧，以及对死的苦闷，那不属于人类，也不属于虫类，就只是一种丑恶的动作。若说和什么有点相似的话，大概就像长一寸半的毛毛虫膨胀成五尺长，不停挣扎扭动，并从眼中淌落一滴眼泪。

没任何话语、呐喊、呻吟，也没表情，甚至没意识到伊泽的存在。如果是人类，不可能有这样的孤独。孤男寡女待在壁橱里，却还能忘却另一方的存在，这是一般人不可能会有的情况。虽说人具有绝对的孤独，但唯有在对他的存在有一份自觉的情况下，才有可能会有绝对的孤独，所以怎么可能会有这般盲目、没有自觉的绝对孤独呢？那是毛毛虫的孤独，其绝对孤独的模样惨不忍睹，连半点内心意识都没有的苦闷模样，丑陋得令人不忍卒睹。

轰炸结束。伊泽抱起女子，原本只是伊泽的手指碰一下胸部，也会有反应的女子，现在连肉欲也丧失了。他就只是抱着一具躯体，不断往下坠落，无比黑暗，不断坠落，没有终止。

那天轰炸过后，他出外散步，在被震倒的民房间，看到一只女人的脚被震飞来到此地，以及肚破肠流的女人腹部、被扭断的女人头颅。

三月十日的大空袭，大火肆虐过后，伊泽漫无目的地走在仍闷烧未熄的余烬上。到处都有烧得像烤鸡肉串般的死尸。尸体挤成一团，模样与烤鸡肉串无异。既不可怕，也不肮脏。有的人和狗一起命丧火中，当真是死得和狗一样没价值，不过从中也感觉不到悲痛的感慨。这并非是人像狗一样死去，而是狗以及其他同样的某个东西，刚好像一盘烤鸡肉串一样摆在一起烧死罢了。这不是狗，而且原本也不算是人。

要是那个傻女被烧死的话——就只是神用泥土做成的人又变回泥土，不是吗？如果哪天晚上，这条街上也遭到燃烧弹轰炸的话……伊泽想到这点，不禁意识到自己出奇冷静的沉思模样、自己的神情，以及自己的双眼。“我很冷静，我在等待空袭。好吧。”他暗自窃笑着，“我只是讨厌丑陋的事物罢了。而且这只是一具原本就没有灵魂的肉体被火烧死罢了。我不会杀死她。我是个卑劣、低俗的男人。我没有那样的胆量。不过，战争大概就会杀死这个女人吧。我只要做点小小的安排，让战争冷酷的魔爪伸向女人头顶就行了。我什么都不知道。大概在某个瞬间，就会很自然地解决这件事吧。”伊泽极其冷静地等候空袭的到来。

★

那是四月十五日发生的事。

在两天前的十三日当天，东京第二次遭遇夜间大空袭，池袋、巢鸭、山手等区域都传出灾情，伊泽刚好取得了“受灾证明书”，所以前往埼玉采买物品，背包里装着一些白米，便就此返回。甫一回到家，便响起空袭警报。

考虑到被烧毁的区域，任谁都想象得到，下一次东京要是再遭遇空袭，地点应该就是这条市街了，最快明天，最晚也不会超过一个月，这条市街的宿命之日正不断接近。之所以认为最快明天有可能就会遇上，是因为过去空袭的速度非常快且飞机连队夜间轰炸的准备时间间隔十分短暂，大概明天就有可能展开，只是伊泽没料到竟然真的就发生在这一天。所以他才会出外采买物品，虽说是采买，但他另有目的。他前去的那户农家，在伊泽学生时代与他就有往来，前往寄放两个行李箱和塞满背包的物品，这才是他此行主要的目的。

伊泽累得筋疲力尽。他这身旅装是防空装，所以他以背包当枕，直接在房间中央仰身躺下，在这紧迫的时刻，就此打起盹来。待他猛然醒来时，四面八方广播声大作，飞机连队的先锋已逼近伊豆南端，接着便是通过，同时响起了空袭警报。伊泽感觉这条市街的末日终于来了。他将白痴傻女塞进壁橱里，自己拎着毛巾，叼着牙刷，前往水井边。伊泽几天前得到狮王牙膏，已遗忘许久的牙膏味在口中扩散开来的爽快感，令他无比怀念，所以当他感觉今天就是宿命之日时，不知为何，突然很想好好刷牙洗脸，但他只是把那支牙膏从它理应存在的位置移走一下而已，却有好长一段时间（真的感觉已经很久了）都遍寻不着，后来好不容易找到了，接着却换肥皂（这肥皂也是芳香宜人的早期洗澡用肥皂）不见了，当初只是稍稍移走一下，便许久都不见踪影，于是伊泽告诉自己“唉，我太慌了。冷静下来，冷静下来”，结果他一会儿头撞到橱柜，一会儿被桌子绊倒，因此他暂时中断一切动作和想法，想让自己变得专注，但身体本能地慌张起来，展开行动。好不容易才找到肥皂，前往井边，看到裁缝店老板夫妇正忙着将行李丢进田边的防空洞里，而那个住在阁楼、模样像鸭子的姑娘，正拎着行李四处徘徊。伊泽还是割舍不下牙膏和肥皂，祈祷自己这份非找到不可的执着能有结果，他不知道今晚自己的命运会是如何。就在他脸还没洗完时，高射炮的炮击声响起，抬起头一看，头顶上方已出现十几道探照灯的光束，凌乱地照向上空，一阵骚乱，敌机浮现在光芒中央。接着冒出一架，又一架，他将日光移向下方，发现车站前方已化为一片火海。

终于来了。清楚眼前的事态后，伊泽冷静了下来，他戴着防空头巾，披着棉被，站在屋檐下细数，一共有二十四架飞机。它们浮现在多道光芒中央，全部从头顶上掠过。就只有高射炮的炮击声，像发狂似的响个不停，始终没传出爆炸声。在他数到第二十五架飞机时，开始传出燃烧弹那宛如货车从铁桥上驶过的咔啦咔啦的掉落声，但似乎它们越过伊泽头顶，集中落向后方的工厂一带。隔着屋檐无法看见，所以他跑到猪舍前望向后方，只见工厂一带已是一片火海，而令他惊讶的是，陆续有敌机从反方向飞来，朝后方一带展开轰炸。这时广播中止了，整片天空被红艳艳的浓烟覆盖，敌机和探照灯的光芒全部从视野中消失。除了北方一隅，四周皆是火海，而那火海正逐步逼近。

裁缝店老板夫妇为人谨慎小心，平时便将防空洞打造成囤积物资之用，还事先准备了封洞用的泥土，他们顺利地将行李塞进防空洞里，把洞口封好，外头再覆上田里的泥土，就此大功告成。裁缝店老板穿着以前的灭火衣装备，双臂抱胸，望着眼前的火势说道："这么大的火，看来是没救了。就算要我们灭火，也灭不成。我们也快逃吧。等到被浓烟包围，活活呛死，到时候可就来不及了。"裁缝店老板也在两轮推车上堆满了行李，向伊泽唤道："我们一起撤退吧。"伊泽当时感觉到一股纷乱复杂的恐惧感向自己袭来。他的身体正开始和裁缝店老板一起展开行动，但心中有一股抵抗力，就像要甩除他身体的动作般阻止了他的行动，他感觉自己心中某个角落像迸裂般发出了哀号。我会因为这瞬间的迟疑而被活活烧死——他几乎因这样的恐惧而处于恍惚状态，但还是将自己踉踉跄跄往前滑出的身体给拉住了。

“我还要在这里待一会儿，我还有工作要处理，我好歹也算是一名文艺工作者，在自己生命最后的时刻，有个可以省视自己真正样貌的机会，一定会要求自己试着在这最后时刻与自己展开最后的较量。我很想逃，但我不能逃。因为我不能错过这个机会。你们逃吧，动作快，再晚的话，一切都会来不及的。”

动作快，再晚的话，一切都会来不及的。所谓的一切，指的是伊泽自己的性命。动作快——这句话不是在催促裁缝店老板，而是为了让自己可以早点逃命而说出的。他为了逃离这个地方，得趁周遭人全都离开后才能行动，否则傻女会被人发现。

“你自己多保重。”裁缝店老板拉着两轮车离去，神情同样慌张。推车在移动时，不断碰撞巷弄的边角。这是这条巷弄的住户们最后逃离时的身影。宛如怒涛冲刷岩石般的巨大声响，宛如高射炮击中屋顶而散落下无数碎片的声响，“哗哗哗”，或高或低的可怕声响不断持续，不过那是府道上川流不息的避难民众成群发出的脚步声。高射炮的声响已变得有点滑稽，脚步声的洪流中暗藏着奇妙的生命。对于这或高或低和无休止的奇怪声响，世上有多少人会将它判断为脚步声呢。天地间充斥着无数的声响，敌机的轰鸣声、高射炮的炮声、投弹声、爆炸声、脚步声、击中屋顶的炮弹碎片声，但伊泽周围数十米内，处于一片红色的天地之中，形成一个小小的黑暗空间，悄静无声。怪异的寂静厚度，以及几乎令人发狂的孤独厚度，满满包覆了四周。再等三十秒，再等十秒吧。为什么，是有谁对我下令吗？为什么我非遵从不可？伊泽就快疯了。突然，他有股想要扭动身躯，大声哭喊，盲目往前奔去的冲动。

这时，一阵宛如在耳膜中乱搅的投弹声朝头顶上方直坠而来。他不顾一切地卧倒，声响突然在头顶消失，四周再度恢复寂静，仿佛什么都没发生过似的。真是的，虚惊一场。伊泽缓缓起身，拂去胸口和膝盖上的黄土。抬头一看，疯子的家正冒出火舌。啊！终于被炸弹击中了，他的心情莫名平静。待回过神来，他发现左右人家以及前方的公寓都起火燃烧着。伊泽冲进屋内，把壁橱门撞开（其实它是自己脱落，掉落地面的），搂着傻女，披上棉被往外跑。接下来约有一分钟的时间，他满脑子只想着逃出这里，不清楚发生了什么事。来到巷弄出口处时，又有声响朝他头顶直坠而来。他卧倒后爬起身，发现巷弄出口处的烟铺也起火了，还看到对面人家敞开的佛龛正冒出火来。他冲出巷弄后回身而望，发现裁缝店也同样蹿出火舌，伊泽的小屋似乎也开始起火了。

四周陷入火海后，府道上避难民众的身影也减少了许多，火粉交错飞舞，伊泽心想，这下完蛋了。来到十字路口后，前方的道路拥挤不堪，所有的人都朝同一方向前进。那个方向离火势最远。那里已称不上道路，那不过是人群、行李、悲鸣声交错而成的人流，男女老少互相推挤、踩踏，随着人流移动，当投弹声逼近头顶时，人流就会暂时俯卧在地，神奇地停止动作，只有几个男人会踩在伏地的人上头向前奔去，不过人流中的人们大多带着行李和老弱妇孺同行，他们放声叫唤、停下脚步、掉头返回、冲撞别人、遭人撞倒，而火舌旋即已逼近道路两侧。

伊泽来到这处狭小的十字路口。人流全部往同一个方向而行，因为那里是离火势最远的地方，但伊泽知道前方没有空地也没有农田，要是接下来敌机用燃烧弹挡住去路，待在这条路上只有死路一条。另一条道路两侧的房屋已经是大火熊熊，但只要越过那里，便有一条小河，沿着小河往上走几百米，便可来到一片麦田。但是因为没看到半个人影走那条路，所以伊泽一时也拿不定主意，此时突然望见前方约一百五十米处，有一名男子正朝烈火泼水。虽然正朝烈火泼水，但那样子称不上英勇，就只是提着水桶，时而泼水，时而呆立原地，时而行走，动作莫名迟钝，那憨傻的模样，就像不知如何解释自己此时的心理感受一般。伊泽心想，总之，人竟然可以这样站在大火中而不会被烧死。“我要试试运气。没错，我现在所剩下的，就只有这唯一的运气，以及选对命运的决心了。”十字路上有条水沟，伊泽将棉被浸泡在水沟里。

伊泽搂着女子的肩，披上棉被，告别拥挤的人流，迈步朝烈火炽盛的道路走去，女子却本能地停下脚步，步履虚浮地朝人流的方向折返。

“傻瓜!”

他紧紧握住女子的手往回拉，女子一阵踉跄，伊泽紧搂着她的肩膀，将女子的身躯贴紧自己的胸膛，朝她低语道：“往那儿走，只有死路一条。”

“死的时候，我们两人要像这样在一起。别怕。不要离开我身边。忘了烈火和炸弹，喂，我们要走的人生道路，永远都会是这样的路。你只要直直地望着这条路，紧搂着我的肩膀，这样就行了，明白了吗?”

女子点了点头。

她点头的模样很幼稚，但伊泽却感动得几欲发狂。啊！在历经了几次漫长的恐怖，昼夜不断的轰炸后，这是女子第一次表现出的想法，唯一一次的回答。那可爱的模样，令伊泽无比激动。此刻他搂在怀中的是个真正的人，他对怀中人感到无比骄傲。两人快步穿过烈火，在穿过一阵热风后，道路两旁仍是燃烧不停的火海，但由于屋子已经烧毁崩塌，火势减弱，热气减少了许多。这里有个满水的水沟，他把女子从肩膀到脚全部淋湿，并重新将棉被泡水。路上烧毁的行李和棉被散落一地，路旁死了两个人，似乎是一对年纪约四十的男女。

两人再次并肩冲过火海。他们筋疲力尽，很自然地改为行走，但道路两侧的烈火就像是为了让这对恋人通过般，逐渐减缓火势。他们好不容易来到小河边，但小河两侧的工厂正烈火熏天，两人进退两难，连要站在原地都毫无可能，但这时伊泽发现有个通往小河的梯子，于是他让女子披着棉被先下去，自己则是直接一跃而下。他刚才告别的人们，正三三两两走在河中。女子不时会自发性地浸泡在水中，这是连狗都不得不这么做的状况，但伊泽却睁大眼睛看着一名全新的可爱女人正在诞生，颇感新鲜，且目不转睛地猛瞧女子泡水的姿态。小河远离那片火海后，开始流经黑暗之地。伊泽反而因为那莫名的疲惫以及无边的空虚，只是一味地望着眼前那一切松懈下来的模样。虽然心底略感放心，但感觉这种心境既愚蠢又吝啬。一切都是那么荒诞。

从河里走上岸，眼前是一片麦田。麦田三面皆被山丘包围，大小约三百平方米，国道凿开山丘，从麦田正中央穿过。山丘上的住宅正在燃烧，麦田边的澡堂、工厂、寺院等也在燃烧，各处火光四起，冒着浓淡各异的白、红、橘、蓝等各种颜色的烟。突然风声大作，空气隆隆作响，洒下像雾一样细密的水滴。

人群仍在国道上蜿蜒移动。在麦田里休息的只有数百人，与国道上移动的人群相比，这里的人数根本微不足道。麦田的远处有一片杂树林山丘，山丘的林中几乎空无一人，两人就在树下铺上棉被躺下休息。山丘下的农田边，有户农家也失火了，可以望见有几个人正忙着泼水救火。后方有一口井，一名男子正用压水泵汲水，大口喝起了水。突然从农田的四周有二十个人朝那里跑来，男女老幼都有。他们轮流用压水泵汲水喝，然后抬手靠在眉前，遥望那即将烧毁的房子，众人围在一起取暖，看到崩塌掉落的火球，便向后跃开，有浓烟飘来，便把脸转向一旁，彼此聊着天，没有一人前去帮忙灭火。

女子不断咕哝道“我想睡觉”“我累了”“我好困”“我脚痛”“眼睛也痛”，她说的话当中，每三句就有一句是“我想睡觉”。“你就睡吧。”伊泽用棉被将女子裹好，自己则是点了根烟。抽着抽着，远方微微传来解除警报的声响，多名巡警走在麦田中，四处告知警报解除的消息。他们的声音都一样沙哑，不像是人的声音。他们宣布：“蒲田署管辖内的人员集合。矢口国民学校没被烧毁，所以到那里集合。”众人从田埂上站起身，往下来到国道上，开始走了起来，国道上再次形成人潮。但伊泽完全没动作，一名巡警来到他面前。

“她怎么了？受伤了吗？”

“不，她只是觉得累了，睡着了。”

“你知道矢口国民学校吧？”

“知道。我休息一会儿，待会儿就过去。”

“要拿出勇气来。别被这么点小事打倒。”

巡警没再继续往下说。他离去后，杂树林里终于只剩伊泽他们两人。只有他们两人——不过，这女人只能算是一团肉块吧？她睡得很沉。所有的人现在都走在大火烧过后的浓烟中，大家都失去了房子，就这样走着，甚至没想过要睡觉吧。现在还睡得着的，就只有死人和这个女人，死人再也不会醒来，但这个女人很快就会醒来，而她就算醒来，也不会给这一沉睡的肉块带来任何变化。

女子微微发出以前从未听过的鼾声，听起来像猪的叫声，伊泽心想，这女人根本与猪无异。他突然忆起小时候的一段记忆，当时在一名孩子王的命令下，好几名孩童追着小猪四处跑，把小猪逼到无路可走后，孩子王取出折叠刀，切下一小块猪的屁股肉来。猪并未露出疼痛的表情，也没发出特别的叫声，仿佛不知道自己被切下屁股肉一样，就只是一味地逃窜。伊泽想到自己和这个女子，他们同样也是在美军登陆日本，四面八方炮声隆隆，水泥高楼被炸飞，飞机往头顶俯冲而下，在机关枪扫射的情况下，于尘烟、崩塌的大楼、洞穴间，连滚带爬地逃亡。在崩塌的水泥墙底下，女子被男子压制，男子将女子扭倒在地，男子一面沉溺于肉体的欢愉，一面啃食女子的臀部上的肉。女子的臀部上的肉愈来愈少，但女子满脑子想的只有肉欲。

天将亮时，气温骤降，伊泽虽身穿冬天的外套，还套上厚厚的毛衣，但还是抵御不了寒气。山下的麦田外围仍余火未熄，化为整片火海，他本想前往取暖，但要是女子醒来可就麻烦了，于是他只能待在原地。不知为何，女子醒来，令他有一种难以忍受的感觉。

他本想趁女子熟睡时，抛下她独自离去，可是现在他连这么做都嫌麻烦。人要丢弃东西时，例如丢弃纸屑，应该会有想加以丢弃的勇气和洁癖吧。但他已没有丢弃这个女人的勇气和洁癖了。他对女子没半点爱意，也不会感到不舍，但同样也没丢弃她的勇气。只因他不会为了好好活下去，而对明天抱持希望，就算明天他抛弃这名女子，但是否就能在某个地方找到希望呢？他会依靠什么活下去呢？哪里有栖身之所，哪里有可以安睡的洞穴？现在连这个都不知道。美军已经登陆，天地间万物皆毁，这场战争破坏下的伟大爱情，将会制裁一切吧？现在连想要思考都没有办法了。

伊泽决定等东方发白就把女子叫醒，无视那些烧毁的痕迹，先找个栖身之所，尽可能朝远一点的火车站走去吧。不知道电车和火车还能不能行驶？当伊泽倚在车站周边的枕木栅栏上休息时，心里想：今天早上天气到底会不会放晴？阳光是否会洒落在我和我身旁这只猪的背上呢？因为今天早上实在是太冷了。

替青鬼洗兜裆布的女子

什么是气味？

我最近听人说话，感觉却像是用鼻子在嗅人们说出的话语。然后心想，啊，原来是这样的气味啊。仅只如此。也就是说，这不是听过后用脑袋进行的思考，所以气味这种东西，显示出我们人的脑袋空空如也。

最近我已故的母亲又活了过来，这令我深感惶恐。因为我和家母变得愈来愈像。唉，又来了——每次一发现家母的身影，我就会吓得全身蜷缩。

家母在战时命丧火中。我们两人原本就常各自行动，在逃难时也很自然地在不知不觉间各自行动，当我发现自己没和家母同行，意识到我们走散时，并不会细想家母到底逃哪儿去了，也不会有“啊，原来我们走散了”这样的想法。也就是说，家母不在身边是十分理所当然的事，我就只是注意到这点而已。我原本就一直是孤零零一人。

我逃往上野公园，捡回一命，但第二天我前往有许多人丧命的隅田公园时，发现了家母的尸体。她没有被完全烧毁。只见她屈起手臂，双拳紧握，两手并拢摆在胸前，就像摆出体操姿势一样缩起身子，然后双目紧闭，眉头紧锁，像在说“我不行了”。她的脸色显得比生前还白，拜此之赐，看起来有着十足的善人模样。

她明明胆子小，却又绝不吃亏，是个执念很深的女人。如果是被火烧死，那也是没办法的事，但偏偏却是死于窒息，就像在骗人似的，让人觉得很诡异。打从那时候起，我总觉得自己被她骗了，所以最近每当我发现家母时，便会想起当时那诡异的感觉。

当我被征调服役时，家母展现出前所未有的慌张。因为只要一提到男人女人一起工作，家母就认为女人马上便会怀孕。家母一直打算让我当别人的姨太太，而且她深信处女可以卖出好价钱，于是将我当作商品看待，好生伺候着。其实家母是爱我的。只要我显得食欲不佳，她便大为慌张，还会为我从西餐店或寿司店买好吃的回来。只要我一生病，她便整个人六神无主，心疼不已。为了让我穿上漂亮的和服，吃再多苦她也不以为意。不过，只要我外出的时间稍长，她便会一再追问是跟谁去哪儿做了什么，非得问个水落石出才肯罢休。有陌生男子写情书给我，我拿给家母看了之后，她马上脸色大变，就像我已实际与人暗通款曲一般，等到她好不容易心情平静后，便会开始讲述男人的可怕，以及他们花言巧语的种种手段，向我晓以大义。她那认真的表情，当真无人能及。

不过，我并不爱家母。她把我当商品来疼爱，我无福消受。人们都说我备受家母疼爱，很是幸福，但我从不觉得自己幸福。

家母很爱慕虚荣，所以当我弟弟雪夫志愿当航空兵时，她明明内心很想劝阻，却还是表示了赞成。只因以此向熟人或邻居吹嘘，更合她心中所愿。深夜，她认定我已入睡后，会起床拜倒在神龛前，落泪哭诉“雪夫啊，你要原谅我”，但隔天白天时，却又以宛如橡皮球从地上弹起般的劲道，向其他大婶们吹嘘自己的儿子有多英姿勃发，滔滔不绝，根本不管是事实还是子虚乌有。

当我被征调服役时，虽然我感到既厌烦又悲观，但家母表现得比我还要慌张，所以我觉得这种反应很愚蠢，对家母的这种情绪反应也很反感。

我喜欢玩乐，厌恶贫穷。唯独这点，家母和我想法一致。家母自己就是别人的姨太太，不过，除了丈夫之外，她外头还有两三个情夫，似乎还会跟演员或是某某技艺的老师往来。她建议我，要当姨太太，对象就得挑个家财万贯、个性大方的人，最好还是个老头："像你这种奢侈又贪玩的个性，当不了节俭的老婆，如果想当人老婆，就嫁给贵族家的长男，或是有千万家财的资本家长男当夫人吧，而且非得是长男不可。看是要名声还是钱财，如果其中一个会让你备受拘束的话，当个节俭的老婆就没意义了。工作飘浮不定的政治人物或是艺术家，不管名气再响，也难保哪天不会落魄潦倒，这种人往往都很贫穷、爱拈花惹草、傲慢、难以伺候。"至于一般公司员工，她更是鄙视，简单地说，我和没钱的年轻人谈恋爱，是她最心痛、最害怕的事。

我在女校就读四年级时，有个同学名叫登美子，家里经营批发生意，颇具规模。在她的邀约下，我开始打起高尔夫球。平时我连外出看个电影，家母都很不高兴，这次之所以准许，是因为她从别人那里听闻，高尔夫是贵族、有钱人，或是特权阶级的娱乐，穷人根本玩不起，所以这些昂贵的高尔夫球具，她二话不说便买来送我，眉头连皱也不皱一下。

家母对我下达种种训示，例如，若有单身的青年向我打招呼，不管对方是贵族还是富家子弟，一样不予搭理；对方主动搭话，一概不回应；要向家母报告当天发生的事，再按照她的指示行事，但其实她心里打的主意，是只要有哪个有钱的老头或是贵族看上我，目的就算达成了。然而，只有两个女学生自己结伴去打高尔夫，如此闻所未闻的怪事，她竟然完全没察觉有异。亏她还是个这么精打细算的人，其实她既愚昧，又不谙世事。

很遗憾，我没有得到上了年纪的贵族或富豪的青睐，我结识了一个名叫三木升的电影演员。他这个人只会恃美而骄，认为美貌就是他的财产，对艺术根本没半点态度可言。他更是以自己会弹吉他而自豪，他还说，如果饰演一名怀才不遇的吉他手，与人展开一场悲恋，他的才艺一定会马上风靡世间，就此成为时代的宠儿，但就是因为大家都很清楚这点，在同事们嫉妒心的阻碍下，才没能实现梦想。“来找我玩，我弹吉他给你们听。”由于他一再向我们邀约，我们两人才一同前往，结果发现他的琴艺只有外行人水平，根本不像他说的那样，只有他自己听得很陶醉，还擅自把琴弦转紧转松，使其发出颤音，非但没半点品味，简直可说是在恶搞。

三木追求我，被我拒绝，追求登美子也一样被拒绝。由于我一直没提这件事，所以登美子以为三木只追求她一人，一脸骄傲地向我透露此事，但我觉得三木的轻浮行为实在愚不可及，所以之后便没再和他往来。没过多久，到了无法打高尔夫的时局，很快，我也从女校毕业了。而登美子虽然拒绝了三木，但心里其实很得意，之后仍持续与他往来。尽管登美子开口向我邀约，但我还是不想和三木一同玩乐，登美子认为我是出于嫉妒，一个劲儿往自己脸上贴金，虽然我对她说"三木也曾经追求过我，应该还比你早吧"，她仍旧认为我这是嫉妒，还得意地抽动着鼻子说："我问过三木，他说你这番话真是天大的谎言。"从那之后她更加得意了，一会儿说是三木的登台表演，一会儿说是研究会，买了许多这类门票，以前她只会买个十张、三十张左右，现在则是一口气一百张、两百张、三百张、五百张，大手笔地买。她摆出赞助者的派头，买手表和西服送三木，互换戒指，甚至给他钱。不过，他们虽然会到温泉地或幽会茶室过夜，但她至今仍保有处女之身，并很以此为傲。像这种时候，她都会事先与我联络，安排成要到我家过夜的样子。我们称之为不在场证明，不过我也会请登美子替我制造不在场证明。

虽然我请登美子制造不在场证明，却一概不告诉她我跟谁在哪里做了些什么。登美子老爱追根究底地问个不停，但我总是回她“什么也没有啦”或是“也不是什么多了得的事”，不太搭理，所以她往往会在心里认定“你的个性就是这么阴险”，“你很爱搞神秘，心真坏”，“你根本就没把纯情当一回事，就爱花心，所以才无法光明正大地到人多的地方，或是向人展现恋情吧”。

不过，这种事我一点都不想跟人说。恋爱这种事根本微不足道。我只是这么想罢了。

登美子自女校毕业后，成为一名政府办事员，这正是她从以前就很憧憬的职业，但因为工作一板一眼，又备受拘束，所以后来改当了百货公司的销售员。我并不渴望工作，但我更不想和家母一同住家里，所以很想外出工作。不过目前的阶段还不容许我这么做，我说出自己的意愿后，家母认为我终于开始有爱人了，更加严密地监视我，整天将我关在家中，而且她无比焦急，极力想让我当某个搞土木工程建设的老板的姨太太。这个老板同时也是某处花街柳巷的地盘老大，在那个打打杀杀的世界里，他可是无人不晓的黑道老大，不过他即将引退，已是六十一二岁的年纪。

我生性就爱热闹，看人争吵打架，并不会感到排斥，但生来就不机灵，动作又慢，活脱是个迷糊的傻蛋。在那讲求机灵、口齿伶俐的黑道世界里，我的动作完全跟不上，根本连想都甭想。其实我并不排斥当别人的姨太太，但我讨厌自由受到束缚。因此，如果能提供我丰足的生活，除了履行一定的义务外，能任凭我做自己喜欢的事，这样就算要我当八十岁老头的姨太太，我也愿意。要是因为做出有损老大名声的事，而被人拿刀抵着，斩下小指，或是被人用匕首逼着发誓要忠贞不贰，自由受到束缚，那我可受不了。

我对家母说我不同意，但家母却对我说："既然都已经答应了对方，要是现在才说不要，恐会有生命危险，你愿意他们杀了我是吗？"以此胁迫我。不得已，我只好瞒着家母，决定自己去婉拒这门亲事。附近有家洗衣店，老板的女儿虽然不太聪明，但如果只是请她传话，她总是能很清楚地传达给对方。由于这个人有严重洁癖，所以让人感觉她精神不太正常，而她对我有莫名的好感，常会和我寒暄，所以我决定请她代为传话。她长我三岁，当时二十二岁。她依照我的吩咐，硬是和那个老大见了面，确实无误地转达了我的说法，老大听了之后哈哈大笑，应道"这样啊，那好，那好"，还给了她一笔车马费，让她平安离开，当天便派出他的小弟前来告知取消婚约的事，并送来许多像是下聘时摆饰用的昂贵礼品，说这是老大对小姐的一点小心意。

没过多久，世道也完全变了，姨太太这种身份沦为和国贼一般，会率先被征召服役，家母也慌了起来，只好就此打消要我当人姨太太的想法，为了逃避被征召服役，她改为建议我嫁人当正室，但我不过是区区一个小老婆所生的女儿，那些贵族、百万富翁的少爷们肯娶我为妻吗？刚好这时寄来征召服役的通知，家母见了脸色大变。当天晚上用餐时，她悲从中来，放声大哭。

一般年轻姑娘是否也都这样，我不清楚，不过，我和朋友们都对战争漠不关心。至于男人，就连那些念大学的小伙子似乎也都认为自己是可以改变世界的主轴，被这种无可救药的自大心态附身，整天嚷嚷着“战争”“败战”“民主主义”，他们悲愤激昂，全力相挺，大声疾呼，引发了不小的风波，但正因为我们认定人可以改变这个世界，所以擅自交由他们去操弄，对于时局的变迁充耳不闻，只会找寻各个时间下的欢愉，挤进欢乐之中。平日我都接受厨房工作的训练、学当贤妻良母、学习小笠原流①，可说是备受拘束，受尽折磨，所以就算是很单纯的玩乐，也能乐在其中，在战时倒也不觉得有何困扰。即使

① 小笠原流，武家礼仪的一个流派。为室町时代的小笠原长秀制定。明治以后，学校教育也采用，作为女性的礼仪模范。

被称作国贼也不当一回事，终日泡在日本剧场看戏，一站就是三五个小时，穷极无聊，但无聊归无聊，却很有趣。我认为，无聊其实也挺有趣，因为除此之外，又有什么是真的有趣呢？

不过，当了别人的正室后，那就是完全不同的人种了，像正室这么爱发牢骚，只会追求自身利益的人种，可说是世间罕有其匹。看过职业军人的老婆后发现，她们美其名曰军人的妻室，但其实喜欢战争的女人一个也没有。她们之所以对战争恨之入骨，憎恨军部，诅咒战争政府，就只是因为自己的丈夫被赶上战场，受到征召，如此而已，所以我实在搞不懂。我倒是认为丈夫根本就是多余、傲慢，又啰唆的东西，如果被赶上战场，想必耳根会清净许多。

在生活上完全唯男人是从，就只是因为一个男人被战争征召，便觉得自己的世界全没了，这没道理吧。像这么悲惨的事，我实在受不了。

家母是别人的姨太太，不是正室，但她对战争同样也满是憎恨和诅咒。不过，她果然还是很有姨太太应有的样子，对这种不合道理的事恨之入骨，虽然对于不能抽烟、不能吃鱼也觉得很生气，但真正令她感到憎恨、不甘心的，是姨太太成了国贼，我就此成了卖不出去的滞销货。

“唉——这是什么世道啊。”家母长吁短叹。

“日本就不能早日打败仗吗？这么贫困的国家，我实在受够了！听说人家的军队只要两天就能打造出一座机场呢。还说要是没有干酪、牛肉、咖啡、巧克力、苹果派、威士忌，就没办法打仗，多么豪气啊。日本干脆早点亡国，成为对方的领地吧。到时候日本女性都会想穿洋装，而这是我唯一感到遗憾的事。一旦发布不能穿和服的公告，我该怎么办才好？至于你嘛，你穿洋装很好看，所以没什么关系，不过，到时候你可要振作一点啊。”

简单地说，家母在战争打到一半时，就已开始祈祷日本早日灭亡了，盘算着要早点让我成为外国人的姨太太，但没想到她竟会在深夜时分起床端坐，哭诉着“雪夫啊，你要原谅我”。本以为她是在说“雪夫啊，你要振作，好好加油，不能认输啊”，没想到她说的是“真是急死人了。你搭飞机时，不会有人监视你，所以你只要抵达敌军的阵地后，向他们投降，请他们饶你一命就好了。反正日本迟早也会灭亡。这孩子真的是什么都不会啊”。

家母因为对我妹妹太过溺爱，而害死了她。当初妹妹因盲肠炎住院，院方明明交代手术后二十四小时内绝对不能喂她喝水，但家母趁我和护士不在时，多次让她喝水，结果引发腹膜炎，导致了她的死亡。就算不是因为这个缘故，我每次受到家母疼爱时，也总觉得会被她害死，因而感到一股寒意，从来不会因此感到欢喜。因为她愚昧。而我讨厌贫穷和愚昧。

当时我在家母不知情的情况下，与六个男人拥有了肉体关系。他们的姓名、年龄、在哪里认识、如何认识，这些我不想说，也完全不认为这有什么问题。只要我喜欢就行，不管对方是什么出身，就算是第一次见面也无所谓，如果我非想起这些事不可的话，那么在我想起这些事之前，我会先邂逅别的男人。比起过去，我更重视未来，不，应该说是现实才对。

这些男人大多从以前就不断追求我，但我都是在他们收到召集令后，在即将出征的前夕，或是两三天前，才许身给他们。当时在年轻女孩之间，很流行在出征前夕与男人发生关系，来为他们的从军之路打气，但我可没那么正气凛然。我只是不想招惹孽缘，或是让男人往自己脸上贴金，以为我是他的女人，之后一直纠缠不清。除了那六个男人之外，有两名病弱的俊美青年，我原本认为可以和他们发生肉体关系，不过他们有可能会因为解除召集令而很快就回到日本，所以最后我没这么做。结果，其中一人去了三天就回来了，但另一个人进了医院后就没再出来，就此迎来了战争的结束。

听说登美子是性冷淡。可能因为这个缘故，她一见到美男子，就会全身战栗，身体僵硬，胸口为之紧缩，紧紧握拳，备受压迫，但我完全不会。

我不是性冷淡，相反，我很能感受到快感。不过，我并不认为这是不可或缺的快感，所以就这个层面来说，我从不觉得自己需要男人。就算有感觉，也能很快使其模糊化，而就此忘却。所以当我和那六个男人发生肉体关系时，都不觉得自己花心，而不管是在电车上，还是在路上，都会不由自主地脸泛潮红、全身颤抖的登美子则认为这是很严重的花心行径。这种事，我觉得平凡、适度就好。当中有些男人喜欢使出各种古怪的技巧，让女人浑然忘我，但事后回想，只会觉得很不愉快，有一种被摆弄或是遭侮辱的感觉，所以我讨厌男人在做这种事的时候，如此摆弄女人。做那种事就得要平凡、适度，而且符合常理。

战争结束后，我曾在路上巧遇三木升，和他一起喝茶。当时他就像突然想到似的，一再向我调情，说什么他技巧高超，而且精力过人，可以连着两天两夜都不开窗，边啃放在枕边的吐司和苹果，边和女人大战三百回合，不管是再花心的女人，也都会浑然忘我，对他无比感谢。我回答说，我才不想要浑然忘我呢，但他当我是在掩饰自己的害羞，就此在路上便搂住我的肩膀说“好啦，跟我上床吧”，我任凭他搂着，就这样走了约一百米远，但当时我脑中想的全是和吃有关的事，完全没去想这个搂着我的男人。

尽管男人搂我的肩，握我的手，我也不会刻意甩开他们。因为我嫌麻烦。这么点小便宜，你们想占的话，尽管占吧。接着男人便开始臭美起来，以为我有意思，而想和我接吻，所以我把脸转开。不过，我也常就这样让他们吻我，只因为我连把脸转开都嫌麻烦。接着他们马上会提出上床的要求，但我往往都回他们一句“嗯，改天吧”，然后就此忘了这个男人。

★

在我受征召而去服役的公司里，他们见我那慢吞吞的动作，作业能力只相当于国民小学五年级学生的水平，大为惊讶。我很快便被调往事务部门，但在这里一样表现不佳。

我并非特别怠惰。不过，就算遇上我喜欢的男人，我也不会因此就特别卖力地工作，这是我的天性，所以我不会因此感到自卑，大家对我也都还算宽容。

公司后来只留下总公司的事务部门以及一部分工厂，其他部门员工都疏散避难了，我们的部长成了厂长，而在决定疏散避难时，他一直不厌其烦地建议我去避难。

这世上我最讨厌的，就数生病和死亡了。当时我心想，等战争波及日本本土后，再逃往深山避难就没事了，而且当时空袭尚未开始，所以我一直很排斥逃往无处可玩乐的乡下地方。

一般，公司员工、课长、部长、董事，他们依照身份地位由低到高，依次向我展开追求，不过我只对董事有好感。年轻男人与其说是在追求我，不如说他们只想要我的肉体，虽然我并非对此感到排斥，不过我自己也没什么肉欲的要求。我认为男欢女爱是天经地义的，这方面的事我全面认同，所以尽管三木升如此好色，除了肉欲外什么也没有，我也不会因此瞧不起他。而且我也没资格这么做，说什么文化、教养，我其实也不太懂，只是因为他精神层面太低端，所以我才讨厌他。

家母的丈夫是一家大型商店的老板，到自己的山庄避难去了。他派人传来消息，说隔壁村的农家有间空房，家母很想前往避难，但因为我被征召服役，无法动身，所以她大为苦恼。不过空袭开始后，神田遭轰炸、有乐町遭轰炸、下谷遭轰炸，附近陆续遭受轰炸，家母才就此看破，只身带着行李逃命。家母也和我一样，最讨厌生病和死亡，所以她从以前就下定决心要将雪夫培养成一名医生，这也是出于希望他能更加长命的一种盘算。

家母几乎每周都会绕道来看我一次，但其实她是为了和年轻的男人幽会。这件事她想瞒着不让我知道，可由于交通和通信诸多不便，事先约好的事常会出状况，所以结果往往不太顺利，有时甚至还带男人回家，留在家中喝酒过夜。

我完全不会因为她是我妈，而要求她品行得多端正，就像我自己希望能过得自由一样，家母如果可以不必顾虑我，应该也会过得比较洒脱自在吧。但家母只要一喝醉就不成人样，而且她带回来的男人都很俗气，说来实在丢人。

三月十日的陆军纪念日会有一场大空袭，所以家母说她三月九日这天要回山里。但偏偏她没和她的男人联络好，所以到了九日当天晚上，家母才和她的男人见到面，并带他回家中喝酒。为了这天的相聚，她从山上带来了鸡肉和猪肉，女仆在昏暗的光线下烹煮，我也醒着没睡，而当空袭警报响起时，家母的酒宴仍未结束，她来到我正在收听的收音机前方，借着转钮发出的亮光，又开始喝起酒来。有三架飞机从房总半岛方向飞来，没投弹便又折返了。没过多久，又有三架飞机沿着同样的路线飞来，同样没投弹便又折返。“飞机已经折返，应该会解除警报吧”，话才刚说完，外头的岗哨便大喊“敌机投弹了，火灾了、火灾了”。这时，我们头顶传来咔啦咔啦的巨响。女仆前往二楼窗户往外望后，喊道“不好了，好多地方都已烧成了一片火海”。就在我们愣在原地，还搞不清楚状况时，空袭警报就已响起。连灯笼裤也没穿，喝得醉醺醺的家母，光是换装所花的时间就长得惊人。不过，向来都轻视夜间空袭的我，连打开窗户看火势的兴致也没有，就只是躺在昏暗的房内。女仆整理好行李，丢进防空洞内，每次她返回时，总会大声叫嚷着“那里也投炸弹了，这里也烧起来了”，但我都当耳旁风。

这时，家母的男人比她早一步换好衣服，来到我房内，把那张满是酒味的脸凑到我面前，我把脸扭向一旁，于是他便整个人压到我身上，开始动手解开我的灯笼裤的系绳，所以我溜了出来。家母开始大声叫唤男人的名字，同时也叫唤我和女仆的名字。我不发一语地走出房外。

我转了一圈环视天空，当时心中的感受，既不是壮观、爽快，也不是感叹。受到这样的骚扰时，我的脑袋就像塞满棉花的沙包般，完全丧失了思考功能，因此连现在空袭的事也忘了，慢条斯理地来到外头后，鲜红的火幕出现在我的眼前。眼前有飞箭划过火红的天空。那熊熊烈火肆无忌惮地以飞箭之速向一旁蔓延，将我牢牢吸引住。我看得目瞪口呆，头脑一片空白。我转动头部，不管面向何方，都是一片鲜红的火幕，该往哪儿逃才能获救呢？可是，当时我却觉得自己若能平安无事地从这片火海中逃脱，眼前将会出现一个崭新的世界，或是朝这样的世界更迈进一步，我宛如一头野兽，因满怀期待而情绪亢奋。

隔天，望见那完全超乎预期的战争破坏遗痕时，我已无家可归，也无亲人可依靠，但我心中反而燃起希望之火。我并不爱战争和破坏，也讨厌那朝我逼近的恐惧。不过，某个陈旧的东西逐渐消亡，某个崭新的东西逐渐靠近，虽然我无法明确知道那到底是什么，但我能持续感觉到，有个并不比我过去还要不幸的东西正逐渐朝我靠近。

眼前的景象惨不忍睹。在大火下残存的国民学校，楼上、楼下、楼梯，全都躺满了避难者，他们完全不在乎是谁的棉被，拿了就盖。当有人对随地而躺的男人们，以及穿着别人的衣服或棉袄的人说“那是我的”时，他们也只会回一句“暂时借用一下吧”。一个十七八岁的姑娘，脸部被烧伤，整张脸涂满了软膏，睡觉时就只露出那个宛如石膏面具般的人头，一个男子说了一句“你盖三床棉被太多了”，便拿走了她一床被子，替与自己同行的女人盖上。有人更是直接在别人的行李箱里翻找，看有无食物可吃，行李箱的主人在一旁看傻了眼。有人则是说“那里死了上百个人，那座公园死了五千人，那里死了三万人，只要还有命在，就已经算是赚到了，打起精神来”，以此为脸色惨白、活像幽灵的家人鼓劲打气。有个男子则是因为当时脸埋在尸体底部的泥泞中，就此捡了一命。从尸体底部爬出来的他说，当时他没任何欲望，但来到避难所稳定下来后，他开始对自己什么也没有感到不安，想到先前拨开的尸体当中，有人手上戴着手表，若是那时候能把手表带走就好了。这男子仍未洗去脸上的污泥，不过，现场人们的脸几乎都和他一样脏，没人想到要洗脸。

我和女仆素世披着泡过水的棉被逃出火海，但途中棉被起火，于是我们丢弃棉被，大衣起火后，丢弃大衣，短外罩也一样，最后我们两人全身上下只剩一件单薄的衬衣，再无其他。不过在素世过人的交际手腕下，她借来了棉被和毛毯，接着同样在素世的活跃表现下，还要来了三人份的干面包，其实也只有三片，一整天就光靠它果腹。救灾负责人说，明天会想办法提供我们米饭，所以我们虽然饥肠辘辘，但还是极力忍耐。“我受够东京了，我要回富山的乡下去。可是我现在什么也没有，要怎么回去呢”，我听到素世发牢骚，并向她回应道“你说得一点都没错”，但其实我并不在意自己现在什么也没有。

从同样什么也没有的避难者那里取得棉被和毛毯，靠三片干面包果腹，饿得前胸贴后背，但听说明天会有米饭，所以比起空腹的饥饿，我反而觉得像这样坐着，自然就有人会为自己张罗一切，实在很有趣。相较起这微不足道的饥饿感，在人们的生活中自然形成的这套精妙的机制远为有趣得多。穷则通，在遭遇困难时，自然会想出办法，这是我在过往人生中学会的道理，我之所以不会有想依赖家母的念头，可能也是因为我心底存有这种像疙瘩般的想法吧。我的成长过程中，一直都允许我任性骄纵，就算家母和女仆有事外出，留我一个人看家，也会对我嘱咐“你可以照自己的意思，烧你想吃的菜来吃”，但我完全不碰冰箱里的鱼和肉，只会找罐头食品来吃。如果没有罐头食品，就朝白饭上撒柴鱼片；要是没有现成的白饭，就算是家中现有的苹果或吃剩的长崎蜂蜜蛋糕，我也能勉强凑合一餐。尽管饿得肚转肠鸣，我一样躺在地上看书。虽然任性骄纵，但我很习惯饥饿，这或许也是因为任性使然。不过，任性也练就出能忍受艰苦贫困的精神，在屋子里挤了数千名难民的情况下，似乎就数我最不会怨天尤人。

由于我抱持这种心情，所以人们的不幸在我看来，自然显得很不幸。不过，在我眼中，这看起来也很像另一回事，似乎很像是黎明。

我清晰地感受到，只有我独自坐在一个和家母完全不同的另一世界。我现在唯一在意的事，就是我已不想再和家母见面，我要这样待在这里，此刻家母应该也在某地处于这种状态，希望我们两人能永远如这般分处两地。

对我来说，现在的我什么也没有，这只不过是我开始重生的姿态，而人们跟我一样什么也没有，这就像和我站在同一起跑线般，陪我一同起步，让我觉得很可靠。尽管孩子哭喊着让人知道他肚饿，大人们因寒冷和不安而脸色苍白、焦躁不安，病人们痛苦呻吟，尽管所有的人浑身泥泞，但只要我不讨厌肮脏，就不会感到不安和恐惧，反而还会感到亲近。总之，对像我这样的女孩（虽然我不知道像我这样的女孩有多少人）来说，日本、祖国、民族，这些想法都太过远大，这类的话语皆过于空洞，根本不知道该如何面对。报纸和广播都高喊着祖国面临空前危机，各地的街谈巷议都谈到日本即将灭亡，但我深信我能存活，而且我心中有一种想法，认为困难再大，终究会船到桥头自会直，所以不管日本会变成怎样，我一点都不在乎。

我心中没有国家。我心中一直都只有现实。眼前的满目疮痍也一样，对我而言，这不是国家的命运，而是我的现实情况，我只是接受了眼前的现实而已。不诅咒、不憎恨，而那些该诅咒、该憎恨的事物，只要别靠近就行了，这是我秉持的理念，不过唯独有个对象，无法以这种“只要别靠近就行”的理念来对待，那就是家母，就是我的家。因为我不是凭自己的意志降生在这世上，我无法选择自己的父母，所以我的人生大概就是像这样走一步算一步。能否遇上自己看得上眼的人，会靠机缘，不过我完全没抱持“专一”“绝对”这样的想法，所以在男人的爱情方面，不会感到不安，但家母却会为此所苦。像“最好的”或是“喜欢”，这种“专一”是我最讨厌的事，感觉就像五十步笑百步，我认为五十步与一百步根本就天差地别。或许没那么夸张，但总之，它存在着五十步的差异。对我而言，这样的不同或是差异，感觉就是“绝对”。所以我只会从中做选择。

素世在返回富山的途中会经过赤仓，所以我犹豫着该不该到山庄去告知家母的死讯，或是到公司露个面。此时，我所用的棉被和毛毯的物主已离去，不得已，我打算就此起程前往山中时，董事正好前来找我。所谓的船到桥头自会直，就是会这样实际发生的，明白这点后，我鼓起了勇气。

我并不想前往山庄。家母的丈夫虽然和我没有血缘关系，但感觉还是像母亲的代理人一样，令我感到不安，担心他会对我要威权，将我束缚。我坐上难民列车，无比落魄，觉得自己悲惨已极，难以忍受。

避难者同病相怜，带有一种没有隔阂的亲人之情，大家不分彼此，有其强大的一面，但也有刻意利用这种没有隔阂的状况，占人便宜的杂碎。每到伸手不见五指的夜晚，男人便会东一个西一个爬进我被窝，我不知道对方究竟是谁。由于我都是和素世相拥而睡的，所以她都充当我的护花使者，像在赶猫似的，发出嘘声把男人赶跑，着实好笑，不过，也不知道来的是否都是同一批男人，他们趁我睡着后不久，便接二连三地贴过来，所以我们只有白天才有空睡觉。

日本人无时不笑。听说连懊悔的时候也笑，照这样来看，我可能堪称是日本人的典范，只要别人同我搭话，我大多会笑。不过我往往都不回话，也就是说，我用笑容代替回话。因为日本人老说些平凡无奇的事，令人提不起劲回话，例如“今天天气真好呢”“好冷啊”，这种事不用说也知道。我觉得如果我回答“是呀”，反而会被对方鄙视、瞧不起，所以我无法回答，就只是回以笑眯眯的神情。我喜欢人，像鄙视、瞧不起这种机灵的人才做的事，我实在学不来。我如实地接受对方的“今天天气真好呢”“好冷啊”这类问候，绝不会瞧不起人，证据就是我总会回以嫣然一笑，结果人们说我狐媚，说我是荡妇。

我生性寡言，如果是不用说话就能解决的事，我大多一句话都不说，想抽烟时，我会伸手。请给我根烟、请拿来给我，这种话我不必多说，只要朝香烟的位置手一伸，对方就会明白，所以我都是不发一语地伸手。当然，并非只要我一伸手，男人就一定会把烟放到我手上，如果对方不给，我就会趋身靠向香烟所在的位置，把手伸得更长，有时还会因为这样而翻倒在地。我习惯孤独，天生不爱依靠他人，而且又是个懒鬼，所以就算只有我自己一个人，也不会自己走过去拿烟，而是趋身向前，伸长手臂，最后握住香烟时，整个人也翻倒在地上，这便是我的做法。不过，我明白男人对女人总是特别亲切，所以男人将香烟放到我手上也是理所当然的，我从未说一句谢谢。

因此，当我反过来得知男人渴望得到我跟前的香烟时，我会本能地拿起烟，默默地伸手递给他们。在这方面，我本能地展现亲切，这应该就是女人对男人的一份本能的亲切吧。然而，我行事粗疏，个性迷糊，所以男人想要什么，我向来察觉不出。但我为人亲切，就算是对陌生的男人也一样亲切，毫无隔阂，所以登美子才会说我是世所罕见的荡妇。也就是说，当我在火车上看到坐在隔壁的陌生男人找火柴时，出于本能，默默地拿起口袋里的火柴，伸手递给对方。没别的用意，这纯粹是女人对男人的一种本能，应该称之为亲切，与荡妇的含意根本就是相去甚远。如若登美子在电车里看到坐对面的是俊美青年，便会脸颊发烫，全身僵硬，胸和腰都为之紧缩，这也算是一种本能，所以我并不认为她是荡妇，不过，与我相比，她这样算是花心吧。

男人们也和登美子一样，将我的亲切认定是花心，而马上展现亲昵的样子和我调情，钻进我的被窝。尤其是在充当避难所的国民学校里，我实在受够了他们不屈不挠的连番袭击，想到要和这种人一起离开东京，流落到陌生的土地上，便觉得无法忍受这些只会占人便宜的杂碎。

所以当我看到董事时，心中松了口气，我马上改变心意，让素世代替我去别墅传话，我则就此投靠了董事。

★

久须美（董事）那年五十六岁。

他的身材算不上清瘦，但因为身高一米八，所以看起来像铁丝一样细。他有一颗狮子鼻，外加一双铜铃大眼，十足的丑男化身，但不知为何，打一开始我就不在乎他的丑陋。那一头银霜白发，在我看来反而觉得可爱，他的铜铃大眼和狮子鼻都带有一份魅力，我真的觉得很可爱，这既非违心之言，也不是虚假作态。我从少女时代起，便不在乎男人的年纪，我还是女学生时，甚至曾经迷恋过五十多岁的教务主任。他的模样也算不上俊俏。

战争结束后，久须美送了我一幢房子，对我疼爱有加。某天他对我说："我不知道你今后会再遇上几名情人，不过，你应该遇不到像我这么疼爱你的男人了。"

我也这么认为。久须美又老又丑，日后我或许会有更喜欢的对象，但不管是怎样的情人，应该都不会像他这么疼爱我。

我说他疼爱我，指的不是当我有外遇时，会挥舞着菜刀，不惜千里也要赶来逼迫我复合的这种热情，而是指他对我的包容，就算我有外遇，他也会原谅我。

他已看穿我的本性，并完全接纳了我的本性，想要满足我。他对我所施加的束缚，就仅仅只是“唯独外遇，你要尽可能避免”“如果真要有外遇，别让我知道”。

话说回来，像我这种行动慢条斯理的人，实在跟不上一般人的时间速度。不过，当我和人许下时间的承诺，或是被迫肩负起某个义务时，我就会深为强迫症所苦，但因为我还是一样动作慢，怎么也快不了，所以当我前往公司时，已足足晚了两小时、三小时、五小时，甚至是六小时。有时甚至到了下班前三十分钟才来到公司，有人语带挖苦地说“现在才来上班，那干脆请假算了”，其实我自己也知道这么晚才来上班，根本没有意义，但还是出门前往，这当中是如何深受强迫症所苦，只有久须美一人能察觉，尽管同事们都一再向他叨念“都是因为董事你太宠她了”，但他对我从没有过半句指责，反而还常安慰我。

我和自己喜欢的人约好要外出旅行，例如和久须美，我也一样会比火车发车时间晚两三个小时才到。举个例子，当我为了出门而梳妆打扮时，刚好一位认识的退休老爷爷前来，对我说“你看，我用家里的孟宗竹做了这样一个烟盒”，并向我展示，且一聊就是一两个小时。以我的个性，就算是对讨厌的人，也没办法开口说“我今天有事，你回去吧”，更何况是和我相处融洽的老爷爷，所以迟迟无法开口请他回去。我无法凭自己的意志，从自己喜欢的人当中选出一方加以牺牲，就这样被眼前的力量，这股现实的力量拉着走，使得另一方备受冷落。对我来说，这是不可抗拒的力量，因而无可奈何。

久须美总会安慰这样的我。因此我们的旅行总是一团糟，还没到达目的地，火车就已停驶，说这是最后一站，要我们下车，于是我们没有火车可坐，只好被迫在意想不到的地方下车，但我不会因为这样而挨骂，这样的状况反而令我觉得新鲜，宛如变成一场在看全景立体模型般意想不到的欢乐旅程。

世上没有真正的丑男丑女，而美丽也并非恒久不变，世间万物都有其美丽的瞬间和丑陋的片刻。对我而言，卧房里的久须美始终是那么可爱、俊美。

我是妙龄女子，与俊美的青年手钩着手走在林荫道路上，要求俊美青年帮我拿重物，请他跑步帮我叫车，让他哄我，侍候我，走在银座等地逛街购物，时而追逐人潮，时而受人潮追逐，从人潮的缝隙间相互对望，相视而笑。

如今久须美已不再有年轻的双眸。相比他那花心的双眼，取而代之的只有咳嗽声。

不过，那年轻的双眸，在男人与女人的关系上，不过只是一幕风景。林荫道路上的散步、欢乐的逛街购物、看电影、上咖啡厅，这些事往往会被认为是情人之间的特权，但我反而认为这不过是出于花心、仇恨心的一种乐趣，以及一场美梦。

以前我在房里和六名即将出征的青年享受温存，而终战后，我也曾背着久须美，和几名青年在房中玩乐。不过，这也仅只是男女间的一幕风景，说起来算是肉体的风景。

然而，只要和久须美有关，这就不单只是风景。

当我独自一人躺着看书、沉思、打盹时，久须美会过来找我。不论我看的书多么有趣，身处在多宁静的沉思中，睡得有多安稳，对于舍下这一切，我一点都不后悔。我就只是笑眯眯地迎向他，寻求他的爱抚，为了向他爱抚而伸出双臂，静静等候他。那天真自然的媚态，是完完全全的我。

我这样的媚态，拜久须美所赐。在这之前，我不知道自己具有此等媚态，但唯独对久须美，我会很自然地呈现，所以他创造了我，创造出我的媚态。

我对此真心感谢。这份真心，不是以内心的形态呈现，而是以媚态之姿。不论我身处多舒服的睡眠中，只要一睁眼看见久须美，便会在迷迷糊糊的嗜睡状态下嫣然一笑，伸长双臂等他过来，挨向他的颈部。连生病时也是如此，我在剧痛中迎接他的到来，我的笑脸、爱抚，这一切媚态都从未消失过。当爱抚时间过长，久须美就此睡着时，剧痛便重新回到我身上。当真是疼痛难当，但我在爱抚时不曾说出自己的苦痛，也不曾让一丝苦闷的暗影遮盖我的笑脸。这并非我的精神力量使然，而是盲目的媚态淡化了剧痛。我当真是痛得死去活来，因为这极端的痛苦，我呈现出不自然的扭曲姿势，之后再也无法动弹，有生以来第一次发出痛苦的呻吟。久须美睁开眼，一开始流露出难以置信的神情，接着急忙请医生来，但这时已经太久了，因为我虽然痛苦不堪，但在他自然醒来之前，我一直没叫醒他，所以盲肠已化脓溃烂，腹中全是脓液，手术花了三个小时之久，将我腹中所有内脏全都翻搅了一遍。

我那天然培育而成的媚态，只有久须美一个人懂得欣赏。

青春的两对双眸隔着人潮，暗自相视而笑时，其中蓄含了花心的梦，飘过一阵花香，还带有青春本身所散发的神秘，所以当中也含有无趣、空虚，以及背叛自己的理智。简言之，那是带有仇恨心、玩乐、花心的眼神。

有时我会想要尝试让俊美青年握住我的手，和俊美青年一起彻夜玩乐，陶醉其中，但在玩乐过后，总是穷极无聊，我厌倦那种心情沉重的感觉。

但是，我会对久须美露出陶醉的笑容，伸长双手挨向他，然后将他那头白发搂在胸前，以手指轻抚、把玩，而当我因享受爱抚而忘我时，我的笑脸、手臂、手指，都是我真心的温柔所化成的有形精灵，是妖精、温柔的精灵、感谢的精灵，仿佛它们已不是我的手臂和笑脸，不是凭我自己的意志来让它们行动。

总之，我天生就适合当姨太太。我的爱是感谢，我花心时会要男人陪我玩乐，让我飘飘欲仙。不过，当我自己表现出自然的媚态，全面为男人献上我自己时，这也是出于感谢。简单地说，我天生就是一名专职妇女，想要什么，就请男人买给我，为了感谢他们让我过自己喜欢的生活，我会自己表现出媚态来回礼。不过，我从没想过要帮男人洗衣服或是烧饭做菜。这些事用洗衣店和餐厅来凑合就行了，我认为所谓的文化或文明就是这么回事。

不过，因为我充分且过度获得疼爱，所以我有时也会产生反抗心。反抗这种事太小气，我很讨厌；我也不喜惹风波；过度的感动或感激，我也不喜欢。不过，我之所以莫名对“充分”感到不满，可能也是因为我的任性使然，要不就是面对这种上了年纪的丑男，竟然献上自己全部的媚态，对此感到不自由和束缚，而心有不甘。其实我将这样的内心和反抗视为无谓的瞎想、无聊的念头，但这种油然而生的心思却无从管束。

蓦然从孤独的沉思、宁静的恍惚中回过神来时，我目睹了地狱的情景。我看到火焰，整面都是烈火，一片火海、烈焰腾空。那是烧毁东京、烧死家母的烈焰。我置身在浑身泥泞的避难者当中，和他人相互推挤，躲在角落里屏气敛息。我在等候什么，我不知道那是什么，但我知道不是久须美。

当时在那满是泥巴的学校里，挤满了悲惨的难民，我身处其中，却将那身无分文的不幸看作是黎明；如今却突然看作是地狱，那里在我眼中似乎已不再有黎明。我大概是想追求自由，但现在那看起来却像地狱，无边黑暗。可能是因为现在我已不再身无分文，我能比现在更爱他人，但恐怕不会有人比现在还要爱我，可能是出于这样的不安吧。在烈火熊熊、辽阔无边的旷野中，我的身影看起来无比孤独、冰冷、悲切。在这种时候，我总是会想，人类是多么无趣、可悲啊，当真是愚蠢又悲哀。

我住院时，有位相扑教室的师傅因肿瘤之类的疾病住院，他麾下弟子从关取到取的①，三餐都替他送盖浇饭和火锅来，或是拎酒来慰劳，好不热闹，其中有一名十两②的力士，名叫墨田川，以前与我住同一条市街，念同一所国民学校，是牛肉铺老板的孩子，出征前夜与我发生过肉体关系。

他马上向我求婚，可是他毕竟也不是个不明事理的男人，我告诉他“你从事的算是很热门的行业，女人要多少有多少，才十两的位阶就结婚，未免也太奇怪了”，他听了之后应道“那我们就偶尔见个面吧”，当时我回了一句“我才大病初愈”，此事从此作罢，不过每次他巡回表演归来，几乎都会来看我。

墨田川是下町出身，所以他的相扑重战术，擅长推打环抱，而且他属于肌肉型，身材并不肥胖，但腰力强健，也会使出抛投，有人说他有望升上大关③，是一位前途无量的力士。不过他有下町的习性，有时会很干脆地放弃眼前的胜负，欠缺缠斗不休的韧性。在台下练习时，无论输赢都很干脆，有时干劲一来，五人十人都被他推出场外，甚至有一路打到前三名的实力，但正式上场比赛时，却展现不出实力，甚至败给实力弱

① 关取，是十两以上的力士；取的，是最低阶力士的通称。

② 十两，位于幕下之上、幕内之下的高阶相扑选手。

③ 大关，相扑中仅次于横纲的位阶。

小的对手，因为他一见情况不利，就会心中暗叫“糟了”。换言之，这是理智派的弱点，正因为清楚自己的缺点，所以只要情况稍有不利，“糟了”的念头就会在心中增强，他所欠缺的，就是在不利的态势下不顾一切地展开拼斗，展现紧缠对手不放的执着。一旦脑中出现“糟了”的念头，就会一步步被对手推得朝后退，转眼落败，毫无招架的余地。对阵弱小的对手尤其如此，对阵厉害的对手则往往能获胜。因为遇上厉害的对手时，从一开始他的心态和气势就会改变，谨慎的专注和旺盛的斗志相互结合，勇敢迎战对手。

我认为比赛的胜负是很残酷的事。自身拥有的力量很不可靠，所以除了相扑的技术、体力、肉体条件外，像这种精神条件、个性脾气，应该也算是力量的一环吧。有利的时候，完全不会得寸进尺，在场上打得太过火，且重视战术，谨慎应战，感觉得出他充分具有都市人的理智、修养、冷静；但偏偏对于不利的情况过度敏感，就连面对凭他的力量可以完全压制的不利局面，他脑中也总是先觉得自己会败北，所以才会瞬间变得怯弱，这对他大为不利，等到他调整好心情，告诉自己得全力以赴时，已被逼入绝境，无力回天。

我也曾去看过他练习，至于正式比赛则是每天都去观看。

他来到我的座位前，为我一一解说从前头①到横纲的比赛，我因而得知，在力量与技巧的电光石火的胜负背后，竟然存在着这么多心理思考的时间。从力量与技巧来说，这不过只是短暂的一瞬间，但在他们的心中却存在着比他们一整天的思考都要多的思考振幅。高大的横纲被抛出，在他使出抛技的那一瞬间，他脸上闪过一丝“糟了”的绝望之色，我仿佛可以听见那声“糟了”的大喊。

相扑比赛的胜负，在当事人感觉到“糟了”的那一刻，便见分晓，无法改变。如果是其他事，就算有一两次觉得“糟了”，只要之后内心重新振作，还是能扭转劣势，但这种做法对相扑不管用，相扑这种胜负的机制，感觉就像瞧不起人似的，无比残酷。相扑力士的内心都很单纯，就个性来说，也都很洒脱，因为他们人生中的工作，总是在一次“糟了”的念头下做了结，以人类心理的原点作为终结。正是这样的一种机制，使得他们在发挥出力量与技巧的短暂瞬间，会一口气感受到人类心理的极限，经过极度压缩的无数思考，随时都目睹极致的悲痛。尽管如此，他们对于自身那莫大的悲痛，却像在加以嘲笑、鄙视、侮辱般，只凭一次“糟了”的念头，就了结

① 前头，指幕内力士中，横纲、大关、关胁、小结以外的力士。

一切，面对这样的悲剧，却没有任何一个当事人察觉，他们都是如此单纯而茫然。

小川（以前在我们町内，大家都这样称呼墨田川）尤其抱持这样的心理弱点和人在相扑上决胜负，他其实大可不必有“糟了”的念头，却往往先觉得“糟了”，而就此兵败如山倒。在看小川比赛时，从他那关键瞬间的神情中，我每次都会听到各种呐喊，例如“啊，糟了”“输了”“啊，可恶”“为什么”，实在令人不忍卒睹。

你对自己的不利情况太过敏感，这样不行啊。没发现自己的缺点，只会注意别人的缺点，这种人很令人讨厌，但相扑比赛时，就得要这么不识相、缺根筋才行。你得时时在心里咒骂对方为“可恶的家伙”，铆足全力挺住才行。这样一来，你要升上大关或横纲就都不是问题了。我对他晓以大义，这几句忠告令他振奋不少，他赢了两三场，得意扬扬，但在下一场相扑中，那“糟了”的念头又一口气令他陷入不利的局面，如果是平时，他恐怕早已落败，但可能是我的忠告起了作用，他意外地重新振作，将对手往回推，形成平分秋色的态势，我心想“太棒了，小川终于开窍了，这么一来有可能获胜”，但他虽然使出阿修罗般的蛮力，气势威猛地重新振作，但接着却突然像泄气般节节败退。之后又被打回原形，变得信心全无，反而更加糟糕。

“你那时候为什么会突然泄气？不过，毕竟你当时还是重新振作起来了，如果你不是后来丧失斗志，就此放弃，你还是有重新振作的实力的。你已经证明了这点，所以下次请好好加油。”

尽管我鼓劲打气，但小川还是闷闷不乐，一旦自信崩塌，他似乎觉得先前好不容易激起的勇猛斗志和杰出的对战表现，都是不该发生在他身上的奇迹，之后愈来愈展现不出顽强斗志，只要一兴起“糟了”的念头，便手感全无，呈现出软弱无力的窝囊样，就此落败收场。

原本我一直以为这是一个只看蛮力、粗鲁野蛮的世界，没想到竟是心理层面如此纤细的世界，充满精神上的鄙夷，对个人的鄙夷、残酷、无情，不是我所能承受的。一个以前曾拿下关胁位阶的力士，人们都说他会是未来能升级为横纲的人，后来降为十两，进而退至幕下①，最后甚至跌为三段目，空有魁梧身材，却屡战屡败。如果是在艺术的世界，个人没有可以明确分出胜负的方法，就算是个已经跟不上时代的人，一样能拥有自豪或是孤芳自赏，但在非赢即输的相扑世界里，只会一再

① 在相扑的位阶中，十两以上的高级位阶称为“幕内”，而“幕内”以下、“三段目”以上者，称为“幕下”。

落败，位阶一路下跌，没有容你孤芳自赏、自我安慰的余地。它就是如此残酷，对精神充满鄙夷，将人们天生具有的撒娇之心完全拔除，创造出畸形的人。这是对人类的鄙夷，令人难以承受，所以在小川获胜时，我反而提不起劲夸奖他，只有在他落败时，才想出言安慰。

在正式比赛开始前，他参加巡回表演回来，对我说："我了解幸子你的脾气，所以我不想一直在你耳边絮叨，不过，谁让我喜欢你呢，这也是没办法的事。每次追求你，你总是说'好，改天再说'或是'有一天会的'，不肯把话说清楚。所以连我都觉得尴尬了，不过我现在是真心讨厌东京，因为正式比赛场所就在东京，以前我一直都引颈期盼正式比赛的到来，但最近只觉得压力沉重，因为这个缘故，回到故乡江户①，令我内心苦不堪言。不过，我返乡的步履之所以能变得轻盈，全是因为有幸子你在，否则我早就厌倦相扑，甚至想要退出了。不过我想，要是我退出相扑界，你可能就不会搭理我了，总之我会好好努力，在力士的工作上全力拼搏。因为我是这样的情况，所以心中百感交集，不过我可不想自顾自地说那些任性的话。拜此工作所赐，真要说它为我带来什么好处的话，大概就

① 江户，东京旧称。

是切身了解男女之间的关系吧。我们常受那些支持我们的老爷照顾，这些老爷都有姨太太，不过他们都是好人，所以就算是你家的老爷，对我来说也一样，我都很想好好体恤他们。就我个人所见，那些外遇的姨太太，最后都没好下场，会遭报应。不过幸子，这世上能为我打气鼓励的，就只有你一人，所以我绝不会说出强人所难的话，要你嫁我为妻。如果像这样每天和你往来便能感到满足就好了，不过每次道别回去后，我心里却痛苦难受。这种失落感无法靠其他女人来得到满足，如果是出外巡回表演还能忘怀，但是像这样看你出现在我面前，我实在无法忍耐。能否在我回东京参加相扑比赛的这段时间，与我好好温存一番呢?”

在这次比赛中，小川来到十两排行第二的位阶，这时如果能获胜，就能晋升幕内。我心里很想鼓励小川，让他出人头地，所以回答道：“好吧。你如果在正式比赛中获得全胜，我们就找个地方过夜吧。”

“全胜是吗？这太难了。”

“因为女人的心思就是这样。关取就算弹得一手好吉他，同样追不到女人。关取就非得在相扑中获胜才行。如果你赢得全胜，受到赏识，那我也同样会感到骄傲的啊。”

“好，我明白了，我会全力以赴。既然这样，无论如何我也非赢得全胜不可。”

然而，结果却适得其反。小川就是这样的个性，当他斗志昂扬，干劲十足时，要是开头就受到挫败，后续便会打得拖泥带水，惨不忍睹，身陷泥淖。首日落败后，我鼓励他“没关系，接下来每一场都获胜就行了”，结果第二天又输，我说“没关系，只要之后获胜就行了”，结果一直到比赛的最后一天，连我也忍不住笑了，我对他说“好吧，你就放轻松，拿下你的首胜吧，我一定会遵守我们的承诺”，但最后还是没辙，也就是说，他败绩连连。

小川有都市人的洁癖，所以第一次落败时，他便认定自己没希望了，他一定是很希望能信守承诺，赢得全胜，然后风风光光地与我温存一番。如果是出于同情而和他温存，他无法接受，这样的想法一直在他心头挥之不去。

不过，我原本心想要是小川真的履行约定拿下全胜，哪怕基于义务，我也只能奉陪了，但结果他却是输得落花流水，委实令人同情，好生难受。

我极力勉励小川，陪他一同来到赛场外头。当时还没到中场休息时间，久须美完全不知情，坐在座位上，等候三役①的

---

① 三役，上位位阶的大关、关胁、小结，现今连横纲也包括在内。

精彩对决，当我突然拿定主意时，我几乎完全没把久须美的事放在心里，小川的落败所激起的同情心，以及对人类的鄙夷，此刻占满了我心头，甚至能感受到自己憎恨久须美欣赏精彩对决的心情。

“我不喜欢像幽会茶馆或宾馆这类的地方。请带我到箱根、热海、伊东这类有来头的温泉旅馆吧。我知道门路，马上就能买到票。”

“可是，我从明天开始，还有三四天的非正式相扑比赛的行程。和正式比赛不同，这算是基于道义的比赛。”

“那么，你就搭明天早上的火车回东京。”

我的个性向来都只会基于义务履行别人预约好的事，而不会主动投入某件事情中。不过，当一扇意外的窗户被人打开，情绪被吸入后，我就会一反平常的迷糊模样，向人催促且不容对方分说，就像是拉着对方走似的，表现得异常投入，连我自己都对这样的我感到吃惊。这时我深深觉得女人还是不可靠啊。

我在温泉旅馆里，向意志消沉的小川劝酒，当我们躺向床铺时，我对他说：

“小川，有句话我之前一直忘了跟你说。”

“什么话？”

“对不起。”

“你是指哪件事?”

“我忘了跟你说对不起。小川，请你原谅。”

“为什么这么说?”

“因为，我说的那番话，充满了对人的鄙夷。”

“对人的鄙夷？你是指哪件事?”

“我之前说，要你拿下全胜，这话不是充满鄙夷吗？就算你要揍我，我也没有怨言。”

小川露出纳闷的神情，不过以我的个性，向来满脑子想的都只有我自己。

“小川，落败会令你很难过吗？还是觉得没什么？我反而很高兴呢。请你原谅，我实在是太坏了。所以，小川……”

我伸长双手，除了久须美外，我从未在任何人面前展现的天然媚态，已自行蕴含在我的身体内，此时的我就只是我自己所化身的温柔精灵。

翌日，小川已重拾原本的开朗。这是因为能和我共度一宿的欢乐，远胜在正式比赛中的落败，他心里已接受这样的想法，而他这样的心境转变，也让我心情轻松了不少。

“你之前提到对人的鄙夷，对吧。意思是指我把人打趴在土俵①上，是对人的一种鄙夷吗？如果是这样的话，那我是要一整年都一败涂地，你才会高兴？”

“才不是呢。”

“不然是怎样？”

“算了，这不重要。因为这是我个人的想法。”

“你不告诉我，我会一直挂记着这件事。因为你这样就是对人的鄙夷啊。”

“跟你说的话，你会笑我。”

“也就是说，这是女人的预知能力，是吗？”

“嗯，可以这么说。好美的大海啊！如果这里是我家就好了。今天一早，我一直在想这件事呢。”

“说得一点都没错。土俵、观众、巡回表演的火车、旅馆，我们所看到的就只有人和尘埃，不管去到哪儿，都会出现在身边。幸子，我现在很怕在正式比赛中登场，也怕回到我出生的故乡，心里很郁闷，如果你能和我一起留在这个地方优哉游哉地度日，不知道会有多好。”

“你不回去参加非正式相扑比赛，没关系吗？”

---

① 土俵，日本相扑练习和比赛的专用场地。

“不去了。就算挨骂也无所谓，管他什么义理人情。偶尔，我也想当个普通人。哎，你看。这个发髻，就是它。它就是个标记，代表我不是普通人。就像鸡有鸡的形状一样，这就是相扑力士的形状。以前我还很引以为傲，觉得很开心呢。”

我们没带米过来。小川向旅馆的屋主拜托，他为我们张罗了一餐，但后来他跟我们说“我真的没米了，我也很伤脑筋，请你们自己想办法吧”。我拿出钱包后，小川站起身说道“我有法子”。

“真的买得到？你有门路是吗？”

“你放一百二十个心吧。”

“那么，也带我一起去吧。”

“那可不行，这当中另有原因。我去去就来，你在这里稍候。”

不久，小川返回旅馆，手中拎着两斗白米、四只鸡、数颗鸡蛋，他走进旅馆的厨房里，张罗了一锅相扑火锅和炒饭，还一并请旅馆的侍女们一起享用。

“幸子，这样你明白我为什么不带你一起去了吧。我头上的发髻就是原因。在这种时候能派上用场，农民们会觉得相扑力士饿肚子很可怜，而免费送我白米，就连警察看了，也是睁只眼闭只眼。如果你也陪同，我一副带着美人游山玩水的模样，就没人会寄予同情了。哈哈哈。”

“这么说来，还真是拜发髻之赐呢。”

“一点都没错。种什么因得什么果啊。”

眼前的大海，海面宛如融入暮霭中的一层油，海岬的岸上可以望见点点灯光，宁静的向晚时分。我生性不太懂得欣赏风景，但此时却也像诗人一般，深有所感，就这样抱持闲散的心境，在此地盘桓良久。

★

我的住处除了一名帮佣的老妇和女佣外，还有一个小我两岁的年轻女孩与我同住，名叫信子。战时，她是和我在同一家公司工作的办事员，后来因战争而失去至亲。久须美的秘书田代先生，向久须美借了一笔资金，在市场开了一家酒馆当副业，由于信子的父母原本经营一家餐饮店，她很懂得招呼客人，所以田代请信子到店里当老板娘，但她今年二十岁，当老板娘时才十九，感觉像在开玩笑，但她其实很会精打细算，独当一面，经营得有声有色。

原本没想会逗留这么久，一时间手边钱财不够，只好向信子拜托，请她暗中送钱过来，但信子却和田代一同送钱到了这处温泉旅馆。

田代喜欢信子，请她当酒馆老板娘其实只是借口，暗地里是想安排她当自己的小老婆，所以才这么做。而信子也喜欢田代，在外人看来，他们就像老爷与姨太太的关系，但其实信子尚未许身于他。

由于久须美的秘书田代前来，小川变得不太自在。

“不，你不必感到拘束，我是天下第一的黑市商人，而且在下别的不会，就专搞外遇。”

其实我见田代到来，心里感到胆大了不少。因为就如他所自称，他原本就是个黑市商人，虽说是久须美的秘书，但实际的秘书另有他人，他算是幕后秘书，专替久须美处理女人问题，最近更经手黑市的物资交易，田代在这方面确实颇有才干。目前我需要避免让他成为我的敌人。

“幸好您主动揽下这项差事。因为这样您就能和信子一同开始这趟温泉之旅了。您可得感谢我啊。”

“您说的是。最近餐饮店奉令歇业，信子的生计顿时陷入困境，差点得靠卖淫才能糊口，这才了解我的重要性，对我的态度也不同以往。我听闻此事，暗自庆幸，打算等到了这处温泉旅馆之后，再好好说服她接纳我。今天应该会成功吧。信子，如何？看到这幕情景出现在眼前，要是你的心境再不起变化，我也不知道该怎么办才好了。”

“幸子小姐，真的很抱歉。我原本打算自己单独送钱来的，但我擅自做主，跑去找田代先生商量。因为我真的很担心，怕要是继续这样放着不管，日后……”

我也早料到信子会这么做。

信子表面上看起来很精明，当初在公司上班时，各项事务都能利落地处理妥当，后来经营酒馆，明明派了一个老妇人帮忙分担店里的工作，但她还是自己骑自行车外出采买，采买时连左邻右舍的份也都一并帮忙买齐。店里的打扫也不假他人之手，全都是信子自己负责打扫。当隔壁店家有人生病无法做生意，有人说他们要是一直这样躺着养病，恐怕会落得三餐不继时，信子便马上停掉店里的生意，到隔壁店家帮忙。像她这样善良的人，在女人当中实属罕见。

因此，虽然她做事勤快，外表看起来很懂得精打细算，但事实上却赚不了什么钱。对于抽奖或奖券，她也都不屑一顾，品性踏实，不爱幻想，但只要一碰上和人有关的事，就往往会忘却得失，为人尽心尽力，因而自己辛苦攒下来的积蓄，很快便消耗殆尽。

田代看上信子的美貌、勤快，以及精打细算的特质，本以为她开店定能日进斗金，但没想到一直都赚不了钱，而且信子完全不打店内一成收益的主意，就算她自己没赚半毛钱，她也都会规矩地将这一成的收益送交给田代的妻子。对一切大感意外的田代，当真是颇为傻眼。不过，虽然田代这个人对金钱无比贪婪，为了钱什么事都做得出来，但看着自己预期的摇钱树，最后却落得惨淡的结果，他竟也能看开，反而理解了信子纯情的品性。

“不过信子一直谨守着女人的贞操，这点实在很没意思。说什么这样对我太太很过意不去，夫人（他都这样称呼我），人本来就花心，所以女人自然会想男人，若以基督教的人来看，这已算是奸淫的程度了。心灵和肉体是一样的，只有保有肉体的纯洁才行，虚假的纯洁是行不通的。所以我叫她要向夫人学习，对夫人来说，花心、肉体，这些根本都不是问题，因此我家老板和夫人之间才得以保有花心所远远不及的另一种关系，这点得好好学习才行。信子太拘泥于肉体的贞操了，所以才会备受大学生或那些流氓混混的崇拜，她就是不懂这种想法有多无聊，这真让人难过。夫人，您说她为何就是这么不明事理呢？”

田代之所以把信子送来和我同住，也是希望我能将花心的特质传授给信子，所以他会刻意在我面前积极地追求信子，但我总是笑着在一旁看好戏，从未帮他说话。

“夫人，请您也想办法帮我改变信子的心境吧。”

“不行。唯独追求女人这件事，你得全部自己一手包办才行。”

“夫人，您太不讲义气了。所有的绅士淑女都有这项义务。这是在撮合友人的恋情啊。我会带女人去见朋友，这时候，我会刻意摆架子，虚张声势，让自己显得比朋友们更了不起，这是花心的特权。因此，当朋友带女人来到我面前时，我也会充当他的部下，并且让自己显得很憨傻，以拉抬朋友的气势，这是绅士的教养，也是绅士的义务。不论男女，只要身为朋友，就得留意这样的教养和义务，没有例外，否则就不配称作淑女和绅士了。夫人您天生就是淑女中的淑女，所以我认为不必我说，您应该自己就会主动帮我才对。”

曾有大学生追求信子，写情书给她，在市场上的那群年轻人当中，也有两三人追求她，写情书给她，还说某个单位办舞会，硬是拉着不会跳舞的信子去参加，所以惹得田代妒火中烧。在信子回来前，他一直提心吊胆，不断说着“她也许会被强暴，那些人有可能做出这种事来”。自己明明嘴巴上说肉体、贞操一点都不重要，但没想到他根本不是这么想的，所以我出言加以调侃：“我说你啊，用不着担心，她又不见得一定会失去贞操。不管是谁，要是见自己喜欢的人像遭遇土匪似的被人强奸，那肯定会良心不安的。”虽然田代展开如此热烈的追求，但信子始终都没有首肯。不过，她其实也喜欢田代。

和我一点都不像的信子，很同情我脆弱的个性以及迷糊靠不住的一面，她就像我的姐姐一样为我操心。但其实外表坚强的信子，对自己所走的人生道路很没信心，对于做生意、恋爱以及日常生活中的每一件事，她都感到迷惘，摇摆不定，日子过得战战兢兢，如履薄冰。对此，我全都瞧在眼里，因为我向来寡言，所以不曾以温柔的话语安慰她，但伶仃无依的信子仍以我作为她唯一的动力。

“可是夫人，这样不好吧。所谓花心，就得做得神不知鬼不觉才行，而这时候要是太过急躁，更是不行。这样是最不好的做法，所以要装作若无其事地回去。而您和关取在外头过夜的事，老爷已经知道了，但这也是没办法的事，不过您听好了，虽然一起过夜，却没发生关系，您一定要坚持这个说法，这是最重要的一点。坚持说法，绝不让步，就算对方怀疑，但还是会心想，或许真的不是那样呢，我们人就是会抱持这种想法的动物，所以只要您从头到尾都坚称两人没发生肉体关系，连身为第一当事人的自己也会这么以为的。您明白了吗?”

不过，比起我的事，田代自己的问题反而更大。信子说她不想和田代同房共寝，田代听了忍不住脸上微微变色，对她说："信子，你这样不对。你不能再让我丢脸了。男女两人来到旅馆，竟然分房睡，这样实在太没面子了，再也没有比这更丢人的事了。我们两人同睡一房，我还是会继续向你求爱，但我绝不会以暴力相逼，如果这么信不过我，继续让我没面子的话，那就像我这个人毫无人格可言似的。"

当男人们去泡温泉时，信子对我说："我该怎么办才好？虽然我惹田代先生生气，但我也很痛苦。说什么要在床上向我求爱，首先，我从没让男人见过我的睡颜；说什么要在床上向我求爱，我实在不想让田代先生难过，也不想看到田代先生难过的样子，所以我或许会许身于他。如果是这样的许身方式，日后一定会感到悲苦、丢人，没错吧？那我干脆自己主动献身好了，但感觉又有点自暴自弃。幸子小姐，我到底该怎么做才好？你教教我吧。"

"我不知道。我实在很不可靠，信子，你可别生我气哦。其实我连对自己也都不了解，我向来都是顺其自然的。不过说真的，以你目前的情况，到底该怎么做才好呢？"

"我不该自暴自弃，对吧？"

"那倒是。"

当天晚上用餐时，我对田代说：

"田代先生，像你这么通晓人情事理的人，竟然都不懂信子的心情。信子孤苦无依，处女之身就像是她的依靠。现在要是连这样的依靠也没了，她会变得很阴郁，觉得日后自己除了沦为娼妓外，再也没别的出路了。就连我这种花心又迷糊的女人也隐约会有这种心理，因为女人不像男人，有经济能力，对女人来说，贞操就像是一种依靠，说起来还真教人感到阴郁呢。因此，你如果要拿走信子的唯一的依靠，就需要给她一个基本稳定的生活，就算她失去了贞操这个依靠，也还是一样能生活，必须提供她一个不必为前途感到不安的生活保证，不能只是口头承诺，得明确地让她看到实物。”

“夫人，这太强人所难了。那是因为您家老爷是出了名的大富豪，可是天底下这么多男人，很多都不是富豪啊。把处女的贞操说得好像是艺妓接客用的筹码似的，您这样反而是侮辱处女呢。当然了，我很重视信子，而且实际上，我待信子也不薄。除此之外，您还要我给接客费，这实在太过分了。”

“这样算接客费吗？如果是这样的话，那我之前也算是免费赠送呢。”

“瞧，您自己都说了。贞操原本就是免费赠送的啊。”

“因为我母亲原本打算以我的贞操当卖点，所以我存心反抗。不过现在回想，如果女人没有依靠的话，那么贞操或许算是一种资本，如同艺伎就得在接客献身后，才能当艺伎。以我的情况来说，我谈的是失去贞操这个依靠后，担心自己会沦为娼妓的这种不安、脆弱、阴郁的心情，所以守住贞操，就是守住生活的基盘。”

“从没见您展现如此犀利的一面呢。夫人您会为贞操辩护，这是因为女人一旦筑起共同战线，就能若无其事地背叛自己，这实在让人没辙。为了共同目的，可以此为‘罢工’的原则，但没有哪一种罢工是让人昧着良心背叛自己的啊。您说贞操就像是一种依靠，我当然明白信子的这份不安。可是这种不安其实就只是多愁善感而已，说到底，这种情感就像一种有害无益的妖怪。因为把女人的纯洁加诸贞操上，一旦失去贞操，便会失去一切纯洁，沦为娼妓。不过，所谓的纯洁，并非这般肤浅，它应属于灵魂。我认为日本人的妻子，在贞操代表纯洁的错误思想下，被造就出像妖怪般的个性，而且由于已不再纯洁，所以其实是货真价实的妖怪，是恶鬼，是金钱的奴隶，是养儿育女的虫子。不管肉体如何，不管丈夫换过五人还是十人，只要灵魂少了一份纯洁，那就不成。关于这点，像幸子夫人您天生就不把肉体的事当问题来看，所以您的爱情是一种感恩，可以换算成物资，而且您自称是爱情的职业妇女，所以您是与众不同、豁达豪迈的淑女。这样的您绝不能因同情而参与‘罢工’啊。您得坚持您自己的原则才行。关取的事不就是这样吗？幸子夫人，如果您真的忘了花心的精神，如此看重贞操的美德，那么在下也不会专程跑来这里善后了。我对您的一切，只有尊敬和赞美，而且全面认同您的性格和行动，所以才甘愿为您效犬马之劳。对于我这样充满热忱的忠心之人，您怎么忍心让我叹息呢？”

田代无比执着，无法抱持轻松的心情。如果是我，就和信子不同，我会因为其他原因而不想许身于他，不过信子对田代存有爱意和敬意，所以我实在不懂她为何如此坚持守住贞操。其实这种事对我来说，只觉得啰唆。

那天晚上，田代他们到其他房间后，小川对我说道：

“幸子，你不觉得信子很可怜吗？”

“为什么？”

“因为她都不说话，看起来情绪低落，一直若有所思。应该是心里排斥吧。”

“这也是没办法的事啊。如果女人自己孤单一人的话，自然会遇上许多事。”

“嗯，许多事是吧，例如呢？”

“有各式各样的人，会用各种方式展开追求。”

“原来是这种事啊。我很少主动追求，也很少被人追求。不过，看她那样独自默默沉思，总觉得……”

“你不也是让我很苦恼吗？”

“原来如此。到头来，最后是这样的结果，是吗？”

“你说的报应是什么？”

“什么报应？”

“你之前不是说过吗？那些出轨的姨太太最后都没好下场，会遭报应的。你指的是怎样的报应？”

“我说过这话吗？不记得了。不过你不一样。”

“为什么？我也是出轨的姨太太啊。”

“你不是出轨，是心太软。”

“大部分的姨太太不都也是这样吗？”

“你就饶了我吧。不过，我不能让你受苦，所以我就干脆地对你死心吧。今后我会全身心地投入相扑。但要我完全不想你，这我办得到吗？”

“我不会想你。”

“我就那么一无是处吗？”

“就算忆起，又有何用？我讨厌回忆。”

“我实在搞不懂你。”

“你为什么选择放弃？”

“因为我只是个又穷又不得志的下级力士，而你则是个爱玩又会挥霍的女人。”

“你有办法死心?”

“这也是没办法的事啊。”

“既然你有办法死心，那就没什么大不了的了。当然，我也是如此。所以我会忘了你。”

“原来是这么回事。”

“很无趣，对吧。”

“你指的是什么?”

“像这样的事。”

“没错。一点意思都没有。我现在连要活着都嫌没劲呢。”

“才没这回事呢。我喜欢活着，这不是很有趣吗?因为感觉会有意想不到的事就此展开。虽然我只是不喜欢这样的事罢了。”

“这样的事?”

“没错。”

“所以呢?”

“你不觉得这样很阴郁吗?没有的话，反而比较清静。不会压得人喘不过气来。为什么会有这种事?一定非有不可吗?不会觉得愧疚吗?”

小川没有回答，他缓缓起身，打开紧闭的防雨门，穿上庭院的木屐走出屋外。不知外头是漆黑的暗夜，还是挂着明月，我对外头的事，既不想，也不看。过了一会儿，小川返回屋内，一双大手猛力抵向我胸前。他应该没使多大力气，但我大为惊慌，就此虚脱，小川改为手搭在我肩上，一把抓起了我。

“喂，我们一起死吧。你先死。”

“不要。”

“那可不行。由不得你说不。”

我冷不防被他轻松地一把提起，扛在肩上。我陷入昏迷状态，毫无抵抗地由他扛在肩上，但当我抱住他的脖子时，脑中莫名兴起一个念头。

“好啊，那我放声尖叫，大喊‘杀人啊’，这样你也无所谓吗?”

小川为了推开防雨门，把门摇得咔啦作响，单手搭在门楣上。

“你这样一意孤行，未免太卑鄙了吧？我不想死。你凭什么这样胡来？既然想死，为什么不自己去?”

小川接着发出像蒸汽般的呻吟声，将我放向防雨门旁，穿上庭院木屐，走向外头的幽暗中。我没有出声叫他。

我生来就不敢关灯睡。就算是战时，只要没开盏小灯泡，我就睡不着，战争时我最讨厌的就是黑暗。失去光明后，什么也看不见，所以我讨厌。半夜里醒来，如果没开灯，就会开始心慌，不知道自己是死是活。可以说，我极度怕死。

过了约五分钟后，我逐渐感到害怕。外头没任何动静，我前往信子的房间，发现他们两人还没睡，我说明情况后，决定挤进信子的被窝里和她同睡。

“这么说来，关取还没回来是吗？”

“嗯。”

“难道跑去自杀了？”

“天晓得。”

“嗯，无所谓。”

田代拿出自己带来的威士忌，开始和信子共饮起来，我则是先进入了梦乡，像被麻痹般沉沉睡去。

夏日到来，我们住在海岸大路旁高地的旅馆。我们住的是附带浴室的一座独栋房，屋内有五个房间，久须美和田代几乎每天都是从这里到东京上班，我和信子则白天会到海边玩水。

我每天七点半醒来，九点左右用餐，送久须美出门，然后躺在床上看三四页杂志后，又开始觉得困倦，就会打盹，等到十一点或十一点半才醒来。对午餐几乎没有食欲，我时常会想吃冰激凌，喝苏打水和冰咖啡。有时打盹还会梦见这些。吃完午餐后，前往海边，四点左右回来泡澡，顺便洗衣服，然后又躺在床上看杂志，又会打起盹来。当久须美返家时，我通常会因察觉动静而醒来。这时已是向晚时分，夕阳余晖洒落海面，日落西山。我朝大海凝望良久。久须美打开灯时，我会说“先不要开灯”。等了半晌后，我才说“现在可以开灯了”。我洗脸、擦拭身子、重新化妆、更衣，走向餐桌。明亮的灯光和满桌的佳肴令我感到安心，给我一种仿佛回到故乡的平静感。我执起酒壶，为久须美和田代倒酒，比起我自己吃饭、说话，看别人吃饭，看别人聊得热络，我反而更开心。

这时候，我不时会说一些多余的话，这让我很讨厌。例如收到礼物时，我会说“谢谢”，以前我就只是微微一笑。收到该季节少见的珍品时，会很自然地说一句“这个现在很少见呢”，如果就只是说这么一句，那倒还不怎么讨厌，但要是收到不喜欢的礼物，虽然也会笑着说谢谢，但我的声音会显得很冷淡。家母收到喜爱的礼物时，都会喜上眉梢，但如果是不感兴趣的礼物，则会把脸转向一旁。在当时年幼的我眼中，觉得她低俗又粗鄙，还在心中咒骂家母的愚昧和缺乏教养。以前的我就只会微笑以对，所以倒还好，但近来已会很自然地说出像“谢谢”这种多余的话来，所以在用语和音调上自然会有如同

“太谢谢您了”和“谢啦”这样的区别，不然就只会发出冷淡的声音，所以当我不经意想起家母的物欲和那惹人厌的模样时，不禁感到毛骨悚然。

比起自己挑选，买我喜欢的东西，我更喜欢我爱的人自行挑选适合我的东西买来送我。我讨厌一起外出逛街，对方一会儿问“买那个好吗”，一会儿问“买这个好吗”，每件事都跟我商量，不如他自己做决定，买下后直接塞给我，这样我还比较开心。和服、装饰配件、随身物品，是属于我的个人世界，所以要是我自己挑选，便无法跳脱出自己的局限，但如果是别人帮我挑选，就会有新的发现和创造，我会因此发现另一种新鲜、意想不到的嗜好，就像又诞生出另一个全新的自我世界，令我感到喜不自胜。

久须美很了解我的这种个性。他购物时挑选的眼光独到，而他在挑选时的咨询对象是田代。对于服装，我懒得自己挑花色和样式，我喜欢久须美帮我挑选。由于洋装店里留有我的身材尺寸，所以当意想不到的服装送来时，我总是看得无比陶醉。就算田代和信子在场，我照样高声欢呼，很自然地扑向久须美怀中。

早上醒来送久须美出门穿的服装、中午的服装、晚上的服装，就算没外出我也一样会更换，若不这么做，我就没有活着的感觉。就连午睡时也一样，如果没穿上自己喜欢的衣服，就无法心安。久须美为我买来漂亮的鞋子后，我因为很想穿上它在路上走，所以即便是下雨天，也还是忍不住外出散步。衣服就不用说了，其他的如帽子、手提包，每次只要一有新的到手，我就会无意义地上街行走。比起看戏、看电影，我最开心的就是这样的外出散步，当我穿上一身满意的衣服时，我能充分感受到自己的生存意义。

对于给予我此种生存意义的久须美，我该如何表示感谢呢？这是最令我苦恼的问题。说起来，我的花心与我对新衣的喜悦算是同一性质的事，所以我会对花心感到苦恼，是因为这和衣帽鞋子不同，对方有其想法和执着，虽然我对花心本身从不觉得愧疚，但在这处海滨，尽管有大学生、流氓、在黑市打滚的绅士这类人邀我一起喝茶、散步、上舞厅，但我总是都摇头拒绝。我认为，我要是做这些事，会对久须美过意不去。忍着不花心，是感谢久须美的一种表现。这样的想法感觉很像黄脸婆，令人排斥。每次家母对我讲人情事理，我总会感到不悦和反抗，憎恨家母的愚昧，但如今我自己却像个黄脸婆似的，自然而然地像人偶般遵照人情事理行事，并从中看到了家母的身影，这令我心里很不舒服。

我知道花心是很无趣的事。但无趣本身颇具魅力，人生充其量不过也就这么回事。久须美虽瘦，但肩膀倒是很宽阔，双肩的骨架结实，肋骨一根根清晰可见，像阶梯一般，腰椎突出，臀部的肉只有拳头般大小，膝盖的骨头一样浮凸，大腿又窄又细，好似肉都被削除一般，而小腿则是完全没半点肌肉，他那宛如一根干瘪竹竿，高达一米八的骨架，我一整天从上往下看，再从下往上瞧，就是看不腻。有时甚至忘了那是人体，是一根根的肋骨，我就像在玩乐器般，以手指轻戳骨头和凹陷处，细细抚弄。我也会躺在床上，让我的脸映在小镜子上细看，或是看自己的牙齿、舌头、喉咙、肩膀、乳房，就这样度过一天。在我看来，所谓的无聊，就只是一个令人怀念的风景。箱根的山、芦之湖、乙女岭，景色真的很美吗？如果景色美，我会从脑海中觉得那是因为无聊很美。我心中会有映照出景色的美丽湖泊，名为无聊的湖泊，还有名为无聊的高山，名为无聊的森林，要站上乙女岭时，我会从脑海中拿出名叫乙女岭的景色，要看芦之湖时，则拿出芦之湖的景色，将心中的无聊投射在假的景色上，凝望般加以回想。

“我可爱的老爷爷、圣诞老人。”

我把玩着久须美的白发，如此说道。但接着又会说：

“我可爱的孩子、可爱的冰激凌、可爱的小白鞋。”

久须美累了，就此沉沉睡去。但五六个小时后醒来，他会茫然地望着我的睡颜，待旭日东升时，他会打开防雨门，凝望大海。不过，为何我这么能睡呢？不管睡得再多，我都觉得自己几乎可以无限期地一直睡下去。我蓦然醒来，发现久须美已经起床，正茫然地望着我。我无意识地伸出手臂，嫣然一笑。久须美似乎愣住了，但他眼中微微一亮，缓缓地朝我点了点头。

“你在想什么?”

他没有回答，改为擦去我额头和眼皮边的汗水，有时则是替我将棉被盖向脖颈处，一言不发，就只是注视着我。

之前我在信子和田代的迎接下，离开小川，从温泉旅馆返回时，在火车上发烧了，回到东京后，连躺了数日。登美子前来探望我时，在我枕边毫不客气地说道：“你的身体有魔法吧，当你不知该如何解释时，就会适时发烧，甚至可以调节成三十九点八摄氏度的高烧，真是个天生的妖妇啊。”但我根本就没有不知如何解释的困扰。首先，比起为解释而苦恼，我更讨厌生病，而且谁会把自己调节成三十九点八摄氏度的高烧啊。而当我在发烧的过程中醒来时，久须美始终都待在我的枕边，为我更换冰袋，替我擦汗，我深感安心，不是因为可以不必替自己解释而安心，而是我找到一个会保护我的力量，与我心里的孤独恶鬼搏斗，从而感到安心。我一言不发地伸出双臂后，他朝我点点头，问我："会不会觉得难受?"他眼中明明不带任何特别的光芒、情感以及一丝暗影，但为何就像融化一般，深深地渗进我心中？我握着他的手，说了声"对不起"，他的眼中仍旧不显现一丝特别的暗影，我感到无比安心，宛如感受到活着的一种自觉一般，有一种说不出的舒坦平静，并对此无比陶醉。

他来到这处海岸旅馆后，就像突然想起什么似的问道：

"如果你喜欢墨田川，对他无法忘情，那我就让你们两人结婚吧。我会送你一大笔钱。"

"你为什么这样说?"

"你不是喜欢他吗?"

"才没有呢。我现在很讨厌他。"

"怎么又改为讨厌了呢？真搞不懂你们女人。"

"是真的。你就别再恶心我了。我觉得花心一点都不好玩。"

"可是像我这样的老头……你刚才那番话，如果是我的话，还有可能这样说。但如果是你这样的年轻女孩说这种话，我实在信不过。我是真的喜欢你，所以才忍不住想为你祈求幸福。你被我这样的老人束缚，未免也太可怜了。"

"你说的这番话，我才不懂呢。说什么因为喜欢你，你就去和别人结婚吧，这是违心之言吧？其实你是开始嫌我烦了吧？”

“才不是呢。你之前也曾经生病。当时你自己没发现，你睡着后猛出汗，然后没过多久，眼窝微微出现黑眼圈，睡觉的时候很明显，但一睁开眼就看不出来了，所以你才都没察觉吧。有时眼睛周围还会略带浮肿。望着你这样的睡脸，当时我心里判定你得了肺病，因而在心中想象你因生病而日渐衰弱消瘦，最后就此咽气的模样。于是我心想，与其看你沦落成那样，还不如我先死去更好。我自己对死并不畏惧，因为我已经有一只脚踏进棺材里了，死对我来说，就像一场散步，甚至已成为我熟悉的好友。但你不同，等你到了我这个年纪，便会产生不同于现在这个年纪的想法，会清楚地将人类的世界分成年轻人的世界和老年人的世界两种。我自己年轻时，就几乎没半点年轻样，而且还很孤僻，有时还会有讨厌别人的怪癖，日子过得很别扭，不只是我这样，我发现所有年轻人的世界，心中似乎也都是如此灰暗，但我因为在某个年龄所具的本能，而对年轻充满怀念之情，想给予慈爱。我认为年轻就该幸福，年轻人不能死。不过，对于年轻便已存有这种本能的我，对于我最心爱的年轻姑娘，又会有何种祈求呢？为了她的幸福，我牺牲自己的幸福，有这样的想法不是很自然吗……”

久须美为了我，似乎抛弃了妻子和儿女。因为他现在已不住在自己家中，而是改住到我们这座海岸旅馆，每日通勤到东京上班。人们会怎样说我们呢？是我骗了久须美吗？想必会想象出一名为爱盲目的老人，那惊人的执着和疯狂的模样吧。

但对我来说，我完全不当一回事。对儿女而言，父母根本什么也不是。就算父母和人有恋情，那也是没办法的事，一点都不重要。久须美同样也不在乎这种事，对于这点，我清楚地知道。他在因爱而盲目前，早已先因孤独而盲目，所以他没办法因爱而盲目。他上了年纪，连泪腺的“螺丝”也松动了，时常流泪，就连笑也会落泪。不过当他因感动而落泪时，不是为我而流，而是因人的命运而流。像他这种拥有孤独灵魂的人，是抱持着觉悟在看待人生，连他此刻身处的现实，他也同样只能以有所觉悟的心态去掌握。尽管他爱我，却也不是眼中只有我，而是把我看作他某个最爱的女人，先保有这样的觉悟，再将我当作现实来看待。

所以我明白，因为他的灵魂孤独，所以他的灵魂冷酷。他如果得到比我更可爱的爱人，恐怕就会冷漠地忘却我的存在。但这样的灵魂在冷漠地弃我于不顾之前，会先弃自己于不顾。他承受地狱的惩罚，却不憎恨地狱，反而深爱地狱，所以他为了我的幸福，要让我和别人结婚，就算自己走向孤独，他也无所谓，甚至认为人原本就是这样，他就是抱持这种想法的恶鬼。

可能应该还有另一个原因。像他这么孤独、冰冷，弃自己与他人于不顾的人，也会怕我逃离他，会对此感到不安。由于太过害怕改天我会自己想要逃离，干脆自己主动先放我走，这样他反而还比较能感到满足。恶鬼就是自私任性，令人没辙的撒娇鬼。而他之所以能办到这点，并非他真的爱我、爱眼前的现实，而是因为在他所觉悟的生活中，我只不过是一个合适的玩物罢了。

田代来到这座旅馆，与信子隔着一扇隔门一起生活，他到现在仍未达成目的。田代习惯每隔三天就回自己家中过夜，隔天便刻意吹嘘说："昨天我回家好好疼爱了老婆一番。"看来田代的情场哲学、花心哲学，存有破绽。田代是个老江湖，在男女、金钱、欲望等方面都俨然一副个中高手的姿态，不过田代过去接触的对象都是艺伎、娼妓之流，对年轻姑娘却一无所知，所以他并不知道，只要不是像我这种个性迷糊，天生就有姨太太性情的女人，很少会有人主动投怀送抱。女人不管面对自己多喜欢的对象，只要提到献身，就会说不，尽管心里不是那么排斥，还是会说不，即使很想主动献身，嘴巴上还是说不，要是对方强迫，就会抵抗，这是女人的本能，而我也有同样的本能，但我只是刻意加以抑制，我认为这样的本能很无聊。女人希望爱人对自己施暴。男人在和女人结合的一开始，拥有透过暴行来接受爱人的身体和感谢的特权，田代只知道谈价码的娼妓，而且他是老江湖，是所谓在花街柳巷打滚的老手，所以相当花心，但他认为当爱人说不要，而加以反抗时，却还施暴强奸，这是很不上道的事，自己不该这么做。而他十年如一日，一直不断地追求信子，但只要他不来硬的，两人的情路恐怕还是不会有结果。我觉得他实在愚不可及，所以没向他点破。有时甚至差点笑出来，但田代却一脸落寞地说道："信子，你难道都没有肉体上的欲望吗？都已经二十岁了，这也太夸张了吧。"其实他对于沉默不语的信子，内心相当尊敬，简直是拿她当圣女看待，而能得到信子对他在精神上的尊敬，他便已心满意足。

事实上，信子在肉体上的需求确实很少，她反而是为了其他事在受苦。她孜孜矻矻地工作，自己过着省吃俭用的俭朴生活，却为了别人而吃亏付出，田代说她整天都想着钱，活像是金钱的奴隶，可田代却也对她说"信子，没关系，你这样很好"。不过，这样真的好吗？自己省吃俭用，好不容易攒下来的钱，却用来帮助别人，这样称作善行吗？我对此深表怀疑。

信子因为有田代和我们在，所以就算吃了亏也不以为意，不过她怀疑自己要是真正独立，这样子下去是否有办法生活，故而对此感到苦恼。而正因为她是懂得精打细算的行动派，处事又讲求实际，所以很认真地对此感到苦恼。

“幸子小姐，女人要靠自己的力量做生意，是不是错了呢？我要是再继续这样做生意，便会无法亲切待人，而就此沦为金钱的奴隶。如果不这么做，便无法持续下去。”

“说的也是。”

我只能随口附和。信子是真的很苦恼，事实上，也确实像她所苦恼的，其有可能沦为金钱的奴隶。不过，信子也有冷酷的一面，而田代这精打细算的现实主义者又如何呢？说是在行事作风上绝不吃亏，可又无法下狠心。对此，我只觉得可笑至极。虽然田代说“人生无法尽如人意”，且我也深有同感，但是否真的无法尽如人意呢？田代明明就坚称世上每个人都是花心萝卜、见钱眼开、唯利是图，但心里却将信子当圣女看待，说她和那些追求名利的家伙完全相反，像她这种性情的女孩很少见，而我看到像田代这种讲话前后矛盾且只会一味讨好的人，实在觉得很没劲。

我想，我应该是会饿死街头吧。我觉得这是躲不过的宿命。我想到战争后那所国民学校的避难景象，如果要在那些肮脏的青鬼和红鬼杂处的环境中死去，如果那就是我的命终之所，那么就算日后哪天真死在那儿，我也无所谓。当我裹在草席里，生命一点一滴流逝时，青鬼和红鬼或许会前来与我幽会，我会让他们搂在怀中后再死去。然而，如果是在空无一人的旷野，在一处像火灾遗迹般的幽暗之处，在周遭空无一人的深夜柔弱地死去，那我该如何是好？因为我完全无法忍受寂寞。我想和红鬼、青鬼一起，不管什么时候，不管是恶鬼或是妖怪，只要对方是男人，我就会竭尽所能展现媚态，我想在展现媚态的状态中死去。

我极为任性，在人们没米饭可吃，连稀饭都喝不上，就只能靠豆子之类的杂谷果腹时，我却吃腻了鸡肉、干酪、长崎蜂蜜蛋糕，还要男人为我定做要价两三万日元的睡衣，可是现在迷迷糊糊浮现在我脑中的就只有饿死于路旁，我心中真的只想着这事。

我讨厌虫鸣声和尺八①。一听到这类声音，我便无法入眠，如果是很吵闹的爵士乐团演奏的韩国歌曲，我反倒能安心入睡。

“讨厌，你还在睡啊。”

“怎么啦？”

---

① 尺八，日本的传统乐器。与中国的洞箫类似。

“因为我睡不着。”

久须美忍着坐起身。他很没耐性，向来一躺下就睡着，所以他此时虽然坐起来看着我，但没多久便又打起了盹。我伸手摇晃他的膝盖，他吓了一跳，睁开眼，看到我正笑眯眯地从底下抬头仰望他。

我明白，比起安慰他打瞌睡被吵醒的痛苦，这时看到我脸上的笑容，更能令他内心感到充足。

“还是睡不着觉吗？”

我点了点头。

“我刚才打了多久的盹啊？”

“二十分钟左右。”

“二十分钟啊。我还以为只有两分钟呢。那你又在想些什么呢？”

“什么也没想。”

“总会想些什么吧。”

“我就只是看看。”

“看什么？”

“看你。”

他又开始打起了盹。我就只是望着他。不管他什么时候醒来，应该都只会看到我笑眯眯的脸庞吧。因为我一直都笑眯眯地望着他。

就这样维持着，不管去哪儿都行。我什么都不在乎，就算是去地狱也行，就算我的男人会变成红鬼，抑或是青鬼，我应该还是一样会展现我的媚态，始终都笑眯眯地望着对方的脸。我逐渐变得无法思考，脑子变得空白，就只是带着媚态，笑眯眯地凝望着他，最后我连这样的意识也逐渐丧失了。

“等入秋后，我们去旅行吧。”

“好啊。”

“去哪儿?”

“去哪儿都好。”

“这回答真不靠谱。”

“人家不知道嘛。要带我去会让我感到惊喜的地方哦。”

他点点头，接着又开始打起盹来。

我在溪边清洗青鬼的虎皮兜裆布。我忘了将兜裆布晾干，便在溪边沉沉地睡着了。青鬼把我摇醒。我睁开眼睛，嫣然一笑。我分辨不出在一旁鸣叫的是布谷鸟、杜鹃，还是斑鸠。不过比起鸟鸣声，我反而更爱听青鬼的破锣嗓音。我应该会笑眯眯地朝他伸出双臂吧。这一切是何等无聊啊！可是为什么我会觉得如此怀念呢?

附录　坂口安吾文学年谱

1906年（明治三十九年）/1岁

10月20日，出生于新潟县新潟市西大畑町28番户（现新潟市中央区西大畑町579号），在父亲仁一郎的十三个子女中排行第十二，上有四兄（二人早夭）七姊，下有一妹。由于出生于丙午年，又是第五子，故得名“炳五”。

1911年（明治四十四年）/6岁

进入西堀幼儿园就读，但厌恶刻板的幼儿园生活，时常逃学，漫无目的地闲逛于陌生的街道。是年起，母亲的歇斯底里症状加重。

1913 年（大正二年）/8 岁

进入新潟寻常高等小学就读，被称作正义感强烈的孩子王。通过读书，对猿飞佐助的忍术、马庭念流的剑术产生强烈兴趣，暗自研究忍术的修炼方法。

1917 年（大正六年）/12 岁

由于母亲爱吃蛤蜊，于暴风雨中下海捉蛤，没有获得任何感谢，反而遭到严厉训斥。

1919 年（大正八年）/14 岁

进入县立新潟中学就读，在同学的推荐下开始阅读芥川龙之介、谷崎润一郎的作品。

1921 年（大正十年）/16 岁

近视加重，成绩下滑，频繁逃学，最终留级。同时对教师、高年级学生及学校的军事化管理表现出强烈的反抗态度。汉文教师对其极为不满，称：“你配不上‘炳五’这个名字，既然你看不清自己，以后就叫‘暗吾’吧。”同学中开始流传“Ango”的称呼。

1922年（大正十一年）/17岁

成功进入三年级，但逃学习性不改，终因成绩过差及打架事件等，被迫转入东京的丰山中学，与父亲、兄嫂等共同居住。在自传体小说《何处去》中，有一段逸话：“新潟中学三年级的夏天，我被开除了学籍。那时，我在课桌掀盖的背面刻下了一段装模作样的文字：余将成为伟大的落伍者，有朝一日重现于历史之中。”而在晚年的访谈中则改口称，刻下文字的位置是“柔道馆的板窗”。

在丰山中学就读期间，开始对宗教、哲学产生兴趣；喜读石川啄木、北原白秋的短歌，并尝试创作。逃学猖獗，依然如故。

1923年（大正十二年）/18岁

对佛教兴趣日益加深，并开始接触巴尔扎克等西方作家的作品。

初次尝试文学翻译。据自传体小说《风、光与二十岁的我》：“他（一名拳击手同学）让我翻译了一篇拳击题材的小说，以他的名义发表在《新青年》上，题目叫《人心收揽术》。那其实是我的译文。他本来说‘稿费一张三块钱，分你一半’，后来支支吾吾找借口，一个子儿也没给我。”

是年，父亲仁一郎病逝。

1924 年（大正十三年）/19 岁

尝试创作戏曲，未能完成。对文学怀有憧憬，但没有创作的自信。投身于田径等体育运动，获得优异成绩。

1925 年（大正十四年）/20 岁

自丰山中学毕业，成为荏原寻常高等小学下北泽分校的教员，教授五年级学生。进一步接触芥川龙之介、谷崎润一郎、正宗白鸟、佐藤春夫的作品，西方作家中尤喜契诃夫。

与同乡文学青年伴纯相熟，前往山中小屋，打算隐居一夏，旋因不堪条件艰苦而作罢。

1926 年（昭和元年）/21 岁

对佛教的向往日益强烈，辞去教员一职，进入东洋大学，专攻印度哲学。在此期间大量阅读佛教及哲学相关书籍，每日仅睡四个小时。

1927 年（昭和二年）/22 岁

由于长期睡眠不足，陷入神经衰弱。期末考试期间遭遇车祸，头部撞在水泥地上，头盖骨出现裂纹，此后开始出现抑郁症状。开始学习梵语、巴利语。

得知芥川龙之介自杀，深感震惊。

参与东洋大学罢课事件。

1928 年（昭和三年）/23 岁

进入 Athénée Français① 初等科就读，专攻法语。远离东洋大学罢课纷争，产生颓废派倾向。

这段时期初次尝试创作小说。据自传体小说《小山羊的记录》："我写下了第一篇小说。当时并不是希望成为小说家，只是读了契诃夫的某个短篇，情绪激动难以平息，于是自己也试着创作，用了一个晚上，写出那么一篇。现在情节都忘光了，只记得主人公是位老人。小说本身未必多好，当时带给我的只是一种快感：纵笔如飞，行云流水，一个晚上笔记本写得满满当当。"

① Athénée Français，日本著名语言学校，法国人 Joseph Cotte 于 1913 年创办，位于东京都千代田区。主要教授法语、拉丁语、希腊语等，许多知名文人曾在此学习。

1929 年（昭和四年）/24 岁

在 Athénée Français 升为中等科，嗜读法国作家莫里哀、伏尔泰、博马舍。产生前往法国留学的念头，终因担心精神不稳定而作罢。

1930 年（昭和五年）/25 岁

在 Athénée Français 升为高等科，东洋大学毕业。在报纸上看到某酒馆招聘经理，认为酒馆经理不需要强颜欢笑，不会因表情僵硬而被上司训斥，属于适合自己的工作，瞒着家人偷偷前往应聘；于面试中发现完全不能胜任，主动要回简历，狼狈离开。

与葛卷义敏（芥川龙之介外甥，于 Athénée Français 相识）、长岛萃等共同创办同人杂志《语言》，并于创刊号发表翻译文章《关于普鲁斯特的速写》。

1931 年（昭和六年）/26 岁

处女作《寒风中的酒窖》发表于《语言》第二号。葛卷义敏因整理芥川遗稿，与出版社岩波书店合作密切，在葛卷的努力下，《语言》改名《青马》，由岩波书店创刊。

《风博士》发表于《青马》创刊号，获小说家牧野信一高度评价，自此登上文坛，并与牧野保持密切来往。受牧野之邀，于杂志《文科》连载长篇小说《竹林之家》。

1932年（昭和七年）/27岁

二月，于《文艺春秋》发表《蝉》。

三月，于《青马》第五号发表《论FARCE》。《青马》停刊。

对创作方向感到迷惘，决定走上“小说家”而非“诗人”的道路，从而与牧野产生意见分歧。

与酒吧“温莎”的女招待坂本睦子关系暧昧，以此为契机，与同样追求睦子的中原中也相识，结下深厚友谊。

于“温莎”结识女作家矢田津世子。

1933年（昭和八年）/28岁

二月，于《文艺春秋》杂志发表《小房间》。

三月，与矢田津世子关系急剧升温。与矢田一道受邀，加入半同人杂志《樱花》。

六月，由于经费问题，与矢田等共同退出《樱花》。

八月，与矢田等创立“陀思妥耶夫斯基研究会”，因成员反响冷淡，一个月后终止。

十一月，于《行动》发表《陀思妥耶夫斯基与巴尔扎克》。

1934 年（昭和九年）/29 岁

一月，因长岛萃病逝，深受打击。

二月，于《纪元》发表《长岛之死》，后改题为《关于长岛之死》。

四处旅行。与矢田关系若即若离。

染上淋病，经井伏鳟二传授秘方，治愈。

1935 年（昭和十年）/30 岁

春，通过在竹村书房担任编辑的中学同学大江勋，参与《司汤达选集》的策划工作。

五月，于《作品》发表评论《拒绝枯淡的风格》，批评德田秋声，收到德田之弟子尾崎士郎的斗酒挑战，喝至吐血乃止。自此与尾崎结下终生友谊。

六月，由竹村书房出版第一本单行本《黑谷村》。

八月，于《文艺春秋》发表《渴望逃避的心》。

九月，开始创作以矢田为女主人公的连载小说《狼园》。

1936年（昭和十一年）/31岁

一月，《狼园》于《文学界》正式发表。数年未见的矢田登门，两人正式表明恋情，急剧陷入爱河，但持续未及一个月，终以分手作结，自此再无来往。

三月，《狼园》连载至第三期，作罢。牧野信一自杀，闻讯后深受打击，前往小田原奔丧。

五月，于《作品》发表《牧野先生之死》。重新染上淋病。

六月，开始构思野心勃勃的长篇小说《吹雪物语》。

夏，受竹村书房邀请策划一套法国文学丛书，未成；与尾崎士郎计划创办同人杂志《大浪漫》，终因稿件不足而作罢。

秋，受记者北原武夫之邀，不时于《都新闻》发表匿名评论。

十一月，正式开始《吹雪物语》的创作。

1937年（昭和十二年）/32岁

二月，为潜心创作《吹雪物语》，前往京都嵯峨投奔朋友隐岐和一，受到隐岐热情招待。

四月，加入同人杂志《文学生活》，不久停刊。

因金钱紧张，多次向朋友借钱。

年底，《吹雪物语》初稿基本完成。

1938年（昭和十三年）/33岁

一月，于《文学界》发表《在女占卜师面前》。

六月，《吹雪物语》打磨完成，回到东京。外甥女村上喜久投河自杀。

七月，《吹雪物语》由竹村书房出版。亲自撰写宣传语，并在信中向出版社表示："我相信，本作拿下一两个文学奖不成问题。"最终反响不大，销量平平，自此进入失意时期。

十一月，于《都新闻》发表《侦探之卷》。

1939年（昭和十四年）/34岁

二月，长兄献吉就任新潟报社董事。参加文人围棋会比赛，获胜，甚感自豪。

五月，为构思新的长篇小说，移居至茨城县取手町，在当地医院的一间屋子里生活。

八月，取手发生洪水，见义勇为，救助落水少年。

1940年（昭和十五年）/35岁

一月，受三好达治之邀，前往小田原市三好家别墅居住。

在三好的推荐下，对日本天主教历史产生兴趣。

七月，于《文学界》连载《不惜性命》，亦是历史小说创作的初次尝试。

十二月，加入同人杂志《现代文学》。

1941 年（昭和十六年）/36 岁

与《现代文学》同人平野谦、荒正人等集会，阅读侦探小说，进行“猜犯人”游戏。《不连续杀人事件》的构思萌芽于此。

五月，为创作长篇历史小说《岛原之乱》，前往九州取材旅行。

七月，小田原市连日暴雨，早川决堤，三好家为洪水所淹；借居之别墅遭到损毁。

八月，因报社整合，成立新潟日报社，长兄献吉任董事兼副社长。得知小田原洪水消息，写信请求将铺盖及书籍寄回，惹怒因洪水而焦头烂额的三好。

十月，于《现代文学》发表《岛原之乱杂记》。

1942 年（昭和十七年）/37 岁

二月，母亲去世。于《现代文学》发表代表作《日本文化之我见》。

五月，完成《天草四郎》，约四万字，因不够满意，终未发表。

夏，在研究“岛原之乱”的过程中，对宫本武藏产生兴趣，准备撰写相关历史小说。

十一月，因“一县一纸”报社整合，成立新潟日报社，献吉任专务董事。

十一月至十二月，于《文学界》连载《青春论》；由于《青春论》后半部分主要围绕宫本武藏展开，故放弃撰写相关小说，重新回到《岛原之乱》的创作中。

1943 年（昭和十八年）/38 岁

一月，于《现代文学》发表《五月的诗》。

三月，于《现代文学》发表《讲谈先生》。

七月，于《现代文学》发表《卷首随笔》。

九月，于《现代文学》发表《二十一》。

十月，短篇作品集《珍珠》由大观堂出版，由于部分内容与军国主义精神不合，被勒令禁止再版。

《岛原之乱》写作不顺，转而创作历史小说《黑田如水》。

1944 年（昭和十九年）/39 岁

一月，因战时出版规制，《现代文学》停刊；于终刊号发表《黑田如水》，并以该作为原型，开始创作中篇小说《二流之人》。

三月，矢田津世子病逝。

为逃避劳力征用，成为日本映画社的非正式员工。接受日映委托，至次年前后共创作三部剧本——《大东亚铁路》《阿图岛》《黄河》，皆未拍摄。

九月，献吉就任新潟日报社社长。

1945 年（昭和二十年）/40 岁

一月，应《新文学》所托撰写随笔一篇，杂志方面惧怕审查，拒绝发表。

四月，空袭愈演愈烈。献吉提议回乡避难，拒而不从。

八月，日本投降。

十一月，与尾崎士郎商议创办同人杂志《风报》。GHQ（驻日盟军总司令）大幅追查战犯，献吉因惧怕而辞去新潟日报社社长一职。

十二月，尾崎士郎被 GHQ 战犯事务所调查，为尾崎辩护。

1946 年（昭和二十一年）/41 岁

四月，于《新潮》发表《堕落论》，一跃成为流行作家。

五月，因意见未能统一，退出《风报》创刊。

六月，于《新潮》发表《白痴》。

十月，于《新生》发表《战争与一个女人》，经 GHQ 审阅，删减大部分内容。于《新潮》发表《颓废文学论》。

十一月，参加座谈会“现代小说畅谈”，太宰治、织田作之助与会，是为“无赖派”三位代表作家首次会面。

十二月，出席江户川乱步主办的推理作家 & 爱好者定期集会“周六会”，讲述自己的侦探小说观。

1947 年（昭和二十二年）/42 岁

一月，织田作之助病逝。因过度悲痛，未能出席葬礼。于《新时代》发表《家康》。于《近代文学》发表《戏作者文学论》。

二月，于《东京新闻》连载《花妖》，持续四个月后遭到腰斩。

三月初，于酒吧“千岁”结识二十四岁的梶三千代，雇用三千代为秘书，每周上门，不久进入半同居状态。

四月，三千代盲肠炎引发腹膜炎，住院。

六月，加入同人杂志《文学界》。三千代出院，两人正式同居。应母校东洋大学之邀，进行约一小时长的演讲。于《新潮》发表《教祖的文学》。于《肉体》发表《盛开的樱花林下》。

七月，于《光》发表《玩具盒》。于《妇人文库》发表《恶妻论》。

八月，于《日本小说》连载《不连续杀人事件》，附有“猜犯人悬赏”，引起广泛关注。

十月，于《爱与美》发表《替青鬼洗兜裆布的女子》。

1948 年（昭和二十三年）/43 岁

一月，于《风报》发表《献给天皇陛下的话》。思索社出版《二流之人》。

三月，针对一月发生的帝国银行抢劫案，于《中央公论》发表《论帝银事件》。

四月，上书首相芦田均，为被 GHQ 开除公职的尾崎士郎辩白，未果。

六月，太宰治殉情自杀，为躲避蜂拥上门的媒体记者，前往热海小住。招待《不连续杀人事件》责编渡边彰饮酒，因酒质粗劣导致渡边肺病复发，为表歉意，将连载所得全部赠予渡边。

七月，三千代发表《安吾先生的一天》，其中提到安吾写给自己的遗书。观战本因坊—吴清源十番棋，于《读卖新闻》发表《本因坊—吴清源十番棋观战记》。于《新潮》发表《不良少年与基督》。进行题为《欧洲式性格　日本式性格》的演讲。

八月，于《ALL 读物》发表《太宰治情死考》。于《季刊作品》发表《织田信长》。抑郁症加重，开始大量服用 Adorm。

十月，出现幻视幻听，开始创作长篇小说《火》。于《人间喜剧》发表《战争论》。

十二月，晚星社出版单行本《不连续杀人事件》。

1949 年（昭和二十四年）/44 岁

一月，于《宝石》发表《评〈刺青杀人事件〉》。

二月，《不连续杀人事件》获侦探俱乐部奖。产生 Adorm 依赖症，不时出现疯狂之举。前往东京大学附属医院神经科住院。

三月，接受持续睡眠疗法，病情逐渐恢复。

四月，遭蒲田税务局认定税金滞纳，因住院暂缓执行。向税务局提出异议申请。出院。

六月，作为评委出席第 21 届芥川奖评选，获奖者为由起繁子、小谷刚二人。对由起繁子的作品尤加赞赏。

八月，Adorm 依赖症复发，遭池上警察署拘留。接受医生建议，前往伊东疗养地居住。

十月，于《作品》发表《小山羊的记录》。

十一月，于《文艺春秋》发表《战后新人论》。于《近代文学》发表《体育・文学・政治》。

1950 年（昭和二十五年）/45 岁

一月，于《文学界》发表《肝脏先生》。于《文艺春秋》连载《安吾巷谈》。参加第 22 届芥川奖评选。

二月，前往小田原观看竞轮，采访选手取材。

三月，三千代怀孕，后堕胎。于《文学界》发表《由起繁子，做个利己主义者》。

四月，于《新潮》发表《推理小说论》。于《讲谈俱乐部》发表《投手杀人事件》。

五月，于《新潮》连载《我的人生观》。

八月，参加第 23 届芥川奖评选。

十月，于《小说新潮》连载《明治开化安吾捕物帖》。

1951年（昭和二十六年）/46岁

二月，《安吾巷谈》获文艺春秋读者奖。于《新潮》发表《战后合格者》。

三月，于《新潮》发表《人生三大愉悦》。于《文艺春秋》连载《安吾新日本地理》。

四月，于《ALL读物》连载《安吾人生谈》。

五月，旁听“查泰莱公审”。旅行取材期间，家中藏书被税务局查封。

六月，前往东京国税局，吊销藏书查封处分。

八月，于《新潮》发表《孤立杀人事件》。

九月，观看竞轮比赛时，认为存在作弊现象而进行告发，因证据照片不够清晰，遭到驳回。于《新潮》发表《战后文章论》。

十一月，大量服用Adorm，出现幻觉。

1952年（昭和二十七年）/47岁

一月，旁听“查泰莱公审”判决，作《查泰莱旁听记》。于《新潮》连载《安吾行状日记》，于《ALL读物》连载《安吾史谈》。

六月，于《新潮》发表《夜长姬与耳男》。

九月，于《新潮》发表《输血》。

十月，于《新大阪》连载长篇历史小说《信长》。于《文学界》发表《军备已无用》。

1953年（昭和二十八年）/48岁

一月，于《西日本新闻》连载《明日天晴》。

三月，因《新大阪》擅自转载连载中的《明日天晴》，怒而拒绝继续连载《信长》。于《小说新潮》发表《都会中的孤岛》。

四月，于《文艺春秋》发表《牛》。

六月，于《文艺春秋》发表《枭雄》。于《小说新潮》发表《选举杀人事件》。

七月，参加第29届芥川奖评选。

八月，长子纲男出生，与三千代正式办理结婚手续。于《讲谈俱乐部》发表《山神杀人》。

十二月，于*King*发表《小镇二天才》。

1954年（昭和二十九年）/49岁

一月，参加第30届芥川奖评选。于《讲谈俱乐部》发表《年糕作祟》。

二月,《不连续杀人事件》由春阳堂书店再版。

五月，于《小说新潮》发表《女剑士》。

七月，于《小说新潮》连载《左近之怒》。

八月，于《知性》连载《真书太阁记》，未完。

十月，于《别册小说新潮》发表《灵异杀人事件》。

各地取材旅行。

1955 年（昭和三十年）/50 岁（未满）

二月十一日，前往高知取材旅行。十五日，回到东京。

十七日晨，突发脑溢血，骤然离世。

二十一日，于东京青山殡仪馆举行了无宗教仪式的葬礼。

五月，百日法事，文坛相关人员到场约一百五十人。

图书在版编目（CIP）数据

盛开的樱花林下／（日）坂口安吾著；高詹灿译.
—杭州：浙江文艺出版社，2019.7（2024.6重印）
ISBN 978-7-5339-5637-0

Ⅰ.①盛… Ⅱ.①坂… ②高… Ⅲ.①短篇小说—小说集—日本—现代 Ⅳ.①I313.45

中国版本图书馆CIP数据核字（2019）第052514号

策　　划：邵　劼
责任编辑：邵　劼
营销编辑：张恩惠
封面设计：人马艺术设计·储平
责任印制：吴春娟

盛开的樱花林下
［日］坂口安吾　著
高詹灿　译

浙江文艺出版社　出版发行
地址：杭州市环城北路177号　邮编：310003
网址：www.zjwycbs.cn
经销：浙江省新华书店集团有限公司
印刷：浙江新华数码印务有限公司
开本：850毫米×1168毫米　1/32
字数：161千字
印张：8.875
插页：6
版次：2019年7月第1版　2024年6月第8次印刷
书号：ISBN 978-7-5339-5637-0
定价：48.00元